무정도
情刀

임영기 新무협 판타지 소설

FANTASTIC ORIENTAL HEROES

무정도 5

임영기 新무협 판타지 소설

초판 1쇄 찍은 날 § 2013년 11월 15일
초판 1쇄 펴낸 날 § 2013년 11월 22일

지은이 § 임영기
펴낸이 § 서경석

편집부장 § 권태완
편집책임 § 박가연

펴낸곳 § 도서출판 청어람
등록번호 § 제1081-1-89호
등록일자 § 1999. 5. 31
어람번호 § 제2-2422호

주소 § 경기도 부천시 원미구 심곡2동 163-2 서경B/D 3F (우) 420-822
전화 § 032-656-4452팩스 § 032-656-4453
http://www.chungeoram.com
E-mail § chungeorambook@daum.net

ISBN 978-89-251-3561-8 04810
ISBN 978-89-251-3463-5 (세트)

무정도 情刀

5

죽음 같은 이별

임영기 新무협 판타지 소설

FANTASTIC ORIENTAL HEROES

무
정 도
情
刀

目次

第四十一章

천지지지여지아지(天知地知汝知我知)

—하늘이 알고 땅이 알며 네가 알고 내가 안다

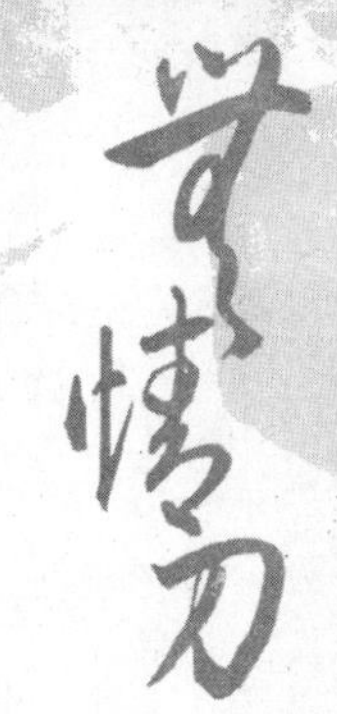

　쾌도비와 주소옥의 배는 여전히 수로를 떠가고 있다.

　장강에서 한수까지 직선거리 백오십여 리는 마치 수천 리나 되는 것처럼 멀게만 여겨졌다.

　두 사람이 탄 배는 이미 열흘째 강과 호수, 수로와 늪을 느릿느릿 흘러가고 있다.

　낮에는 그들 주위에 여전히 작고 수많은 고깃배가 오가면서 고기를 잡지만 밤이 되면 모두 돌아가고 두 사람이 탄 배만 덩그러니 남았다.

　이곳에는 물만 있는 것이 아니다. 지대가 낮아서 산이 없다

뿐이지 호수와 강, 수로, 늪 주변의 뭍에는 작은 어촌 수백 개가 산재해 있다.

그렇지만 쾌도비는 혹시 흔적을 남기게 될지도 몰라서 어촌에는 한 번도 들르지 않았다.

물에서 열흘이나 헤매고 있으면서도 두 사람은 조금도 당황하거나 초조하지 않았다.

돌아서 가든 헤매든 어쨌든 줄곧 북쪽으로 가는 중이고, 또 둘이 함께 있기 때문이다.

둘 다 천절문에 빨리 도착해야 한다고 생각하면서도 마음 한구석으로는 이렇게 길을 잃고 헤매고 있는 것이 정말로 다행이라는 생각이 들었다.

수로에 들어선 지 어느덧 열흘째 저녁을 맞이했다.

쾌도비는 저녁을 먹고 오늘 밤을 보내기 위해서 배를 어느 호수의 우거진 갈대숲 속 깊숙한 곳에 정박했다.

"여보, 오늘은 내가 저녁 식사를 준비해 볼게."

쾌도비가 화덕에 마른 갈대를 구겨서 넣는 것을 보고 주소옥이 소매를 걷으며 다가왔다. 그녀는 이제 '여보'라는 호칭을 자연스럽게 사용하지만 쾌도비는 '옥매'라고 부르는 것이 여간 어렵지 않았다.

"할 수 있겠소?"

"내 손으로 만든 요리를 당신에게 먹여보고 싶어. 모르는 것은 옆에서 가르쳐 줘."

주소옥은 아내의 본분을 다하려는 듯 야무진 표정을 지으면서 화덕 앞으로 다가왔고, 쾌도비는 그런 그녀가 대견한 듯 빙그레 미소를 지었다.

"이거 이렇게 하면 돼?"

그녀는 지금껏 쾌도비가 하는 것을 지켜본 대로 화덕에 불을 피우는 것부터 시작했다.

저녁 식사 준비를 시작한 지 한 시진 만에 그리고 우여곡절 끝에 저녁 식사가 완성됐다.

순전히 주소옥 혼자서 차린 저녁 식사인데 한마디로 엉망진창이다.

밥은 덜 익었고 또 타기도 했으며, 어떻게 한 솥에 지은 밥이 그럴 수 있는지 신기한 일이다.

그래도 그동안 쾌도비가 하는 것을 죄다 기억하고 있었던 그녀는 여러 종류의 요리를 만들었다.

그런데 하나같이 짜고 덜 익거나 타고 또 싱겁다는 것이 문제라면 문제였다.

"어때?"

선실 안 바닥에 차려진 요리를 묵묵히 먹고 있는 쾌도비를 보면서 그녀는 기대 어린 표정으로 물었다.

"맛있소."

주소옥은 흡족하면서도 겸연쩍게 미소 지었다.

"헤헤헤… 내가 신경 좀 썼지."

그녀는 비로소 안심한 듯 자신도 밥을 먹기 시작했다.

그러나 밥을 한 젓가락 입에 넣고 씹던 그녀의 얼굴이 묘하게 찌푸려지더니 요리를 먹어본 후에는 오만상을 쓰면서 젓가락을 내려놓았다.

"이게 음식이야?"

그녀는 어이없는 듯 쾌도비를 바라보며 투정을 부렸다.

"순 거짓말이잖아. 이게 뭐가 맛있다는 거야?"

"나는 맛있소."

그렇지만 쾌도비는 볼이 미어터지도록 밥과 요리를 입안에 넣고 와구와구 잘도 먹었다.

주소옥은 그가 자신을 위로하려고 거짓말과 거짓 행동을 하는 것이라 여겼다.

그러나 식사를 하고 있는 쾌도비의 표정이 너무도 행복한 것을 보고는 뭔가 깨닫는 것이 있었다.

그는 가식이 아니라 진심으로 맛있게 먹고 있는 것이다. 주소옥, 아니, 아내가 해준 생애 최초의 식사이며 앞으로 또 언제 먹게 될지 모를 식사이기에 그에게 맛 따위는 중요한 것이 아니다.

그가 먹고 있는 것은 밥과 요리가 아니라 주소옥의 정성과 사랑이 가득 담긴 결정체였다. 그것을 눈물을 삼키면서 먹고 있는 것이다.

그런 사실을 깨달은 주소옥은 감동하여 눈물이 솟구치려는 것을 겨우 참고 다시 젓가락을 들고 식사를 시작했다.

다시 입에 넣은 밥은 조금도 덜 익거나 타지 않았으며 요리는 더 이상 짜거나 싱겁지 않았다.

쾌도비가 주소옥의 정성과 사랑을 먹는 것이라면, 그녀는 쾌도비의 넘치는 사랑을 먹는 것이다.

두 사람이 밥을 먹고 있는 선실의 한쪽 벽 아래에는 주선란이 반듯한 자세로 누워 있다.

주선란은 칠 일 전에 깨어나자마자 주소옥의 뺨을 때렸다가 쾌도비에 의해서 물에 던져졌었다.

그러고 나서 쾌도비는 물속에 가라앉은 주선란을 내버려두고 그냥 배를 몰고 떠나려 했었다.

당시 그의 심정은 주선란이 죽거나 말거나 조금도 관심이 없었다. 감히 주소옥을 때리다니, 백 번 죽어도 마땅하다고 여겼었다.

그런 것을 주소옥이 간신히 그를 설득했다. 인질을 죽여서는 자신들이 위험해질 것이며, 그녀를 죽이면 장차 황궁으로부터 더욱 심한 박해를 받을 것이라고 혀가 닳도록 설명해서야 그가 물속으로 뛰어들어 익사하기 직전인 주선란을 건져 왔던 것이다.

마혈과 아혈이 제압된 주선란이지만 귀가 열려 있고 눈동자를 굴릴 수 있기 때문에 쾌도비와 주소옥이 선실 내에서 하는 행동을 보고 대화를 들을 수 있다.

그녀가 지난 칠 일 동안 두 사람의 행동과 대화를 들으면서 최종적인 결론을 내린 것은 두 사람이 부부나 다름이 없다는 사실이었다.

두 사람이 선실 밖에 있어도 배가 크지 않기 때문에 대부분의 대화를 들을 수 있었다.

더구나 밤에는 주소옥이 쾌도비 품에 꼭 안겨서 잠이 들었으며 아침에는 언제나 그녀가 그의 몸 위에 올라가 엎드린 자세로 깨었다.

또한 밤중에 자다가 이따금 부스럭거리는 소리나 살이 서로 문지르는 소리, 주소옥의 조심스럽고도 나직한 한숨 소리와 달뜬 신음 같은 것을 들으면 두 사람이 은밀한 행동을 하는 것이 분명했다.

그러나 주선란이 아무리 눈동자를 굴리면서 살펴봐도 두 사람은 정사를 하지는 않았다.

다만 서로를 안은 채 쓰다듬고 만지면서 깊은 애무를 통해서 흥분하고 있었다.

그것은 그들이 정사만 하지 않을 뿐이지 부부나 다름이 없다는 사실을 증명하는 것이다. 그렇지만 그렇게까지 깊은 애무를 하면서 어째서 정사를 하지 않는지는 주선란으로서는 짐작조차 할 수가 없었다.

주선란은 칠 일 동안 두 사람의 행동을 지켜보면서 별별 생각이 다 들었다.

가장 먼저 든 생각은 황족 공주인 주소옥이 일개 호위무사하고 천박하게 사랑에 빠졌다는 것이다.

그것은 모든 황족의 체면과 위신을 실추시키는 도저히 있을 수 없는 일이다.

그러나 칠 일이라는 시간은, 더구나 마혈과 아혈이 제압되어 꼼짝도 하지 못한 채 누워서 말도 하지 못하는 주선란에게는 참으로 긴 시간이어서 이것저것 많은 생각을 할 수가 있었다. 특히 쾌도비의 일거수일투족이 주선란의 관심을 집중시켰다.

과묵하지만 주소옥에게는 더없이 헌신적이고 친절한, 그리고 듬직한 쾌도비를 관찰하면서 주선란은 그가 얼마나 주소옥을 사랑하고 있는지 깨달았다.

특히 주소옥의 뺨을 때린 주선란을 쾌도비가 분노하여 머리채를 끌고 선실 밖으로 나가 일말의 감정도 없이 물에 던져버린 것만 봐도 그가 얼마나 주소옥을 위하고 아끼는지 알 수 있다.

그리고 인정하고 싶지는 않지만, 만약 주선란이 한 명의 여자로서 또한 주소옥의 입장이었다면 그를 사랑할 수밖에 없었을 것 같았다.

뿐만 아니라 주선란은 자신이 칠 일 동안 본 것은 빙산의 일각일 것이라고 짐작했다.

쾌도비와 주소옥이 작년 겨울 십이월에 운남성 곤명을 출발하여 지금까지 열 달 넘게 생사 고비를 넘기면서 한 몸처럼 지냈었다면 두 사람이 사랑하는 사이가 되지 않은 것이 오히려 이상했을 것이다.

아무리 그렇다고 해도 주선란은 두 사람을 절대로 용서할 수가 없었다.

황족인 주소옥이 일반 백성인 사내를 사랑해서는 안 되기 때문이고, 쾌도비 같은 일개 무인이 황족을 사랑한다는 것은 있을 수도 없는 일이기 때문이다. 그것은 반역을 행한 것이나 다름이 없는 짓이다.

그러나 사실 쾌도비와 주소옥이 사랑하는 사이가 됐다는 사실은 주선란에게는 그다지 중요한 일이 아니다.

그녀 자신이 두 사람에게 잡혀서 배 안에 갇혀 있다는 사실만큼 중요한 일은 하나도 없었다.

그녀가 마지막으로 기억하고 있는 것은, 악양에서 무창으로 가는 관도 상에서 검문을 하고 있을 때 쾌도비에게 사타구니를 걸어차였고, 직후에 극도의 고통에 빠져서 오라버니 주우명 품에 안겼다는 사실이다.

그리고 깨어나 보니까 이곳이었다. 그동안 무슨 일이 있었는지는 짐작조차도 할 수가 없다. 오라버니 주우명은 어떻게 되었는지, 설마 쾌도비 손에 죽음을 당한 것은 아닌지 걱정스럽기 짝이 없었다.

쾌도비가 그녀를 납치하는 것은 검문 당시 그곳에 있었던 주우명을 죽이지 않고는 불가능한 일이기 때문이다.

주선란은 자신이 쾌도비에게 사타구니를 걸어차인 충격으로 엄중한 중상을 입고 생사를 넘나들었다는 사실을 짐작할 수 있었다.

그것은 일일이 몸을 움직이거나 운공조식을 해보지 않아도 몸에 느껴지는 고통의 정도만으로 충분히 알 수 있다.

그렇지만 주소옥의 정성스런, 그리고 탁월한 치료 덕분에 주선란의 상태는 하루가 다르게 회복되고 있는 중이다.

이처럼 정성껏 치료를 하는 것을 보면 자신을 죽이지는 않을 것이라고 주선란은 추측했다.

그리고 또 이토록 열심히 치료를 하는 이유가 자신을 인질로 삼아 추격에서 벗어나려는 의도임을 짐작할 수 있었다.

　주소옥은 잠자리에 들기 전에 한 번 더 주선란의 상처를 세밀하게 살펴보면서 치료를 했다.

　주선란의 겉으로 드러난 상처는 사타구니, 즉 옥문이다. 그곳을 정통으로 걷어채었다.

　처음에는 상처 부위가 시커멓게 죽었었는데 이제는 점차 제 모습을 찾아가고 있는 중이다.

　주선란은 수시로 치료를 받기 위해서 아랫도리에 아무것도 입지 않은 벌거벗은 상태이며 이불을 걷으면 즉시 벌거벗은 하체가 드러났다.

　주선란으로서는 벌거벗은 아랫도리가 까발려진 채 다리까지 벌리고 주소옥에게 내맡겨진 것으로도 모자라서 쾌도비마저 보고 있다는 사실 때문에 차라리 죽고 싶을 정도로 수치스러웠었다.

　주소옥이 그녀에게 일부러 수치심을 안겨주기 위해서가 아니라 순전히 치료 때문이고, 상처가 심해서 속곳이라도 입으면 주선란이 고통스러워했다.

　하지만 그런 상황을 참고 견뎌야 하는 것은 십팔 세 소녀 주선란에게는 수치심과 고통 그 이상이었다.

　그래도 몇 가지 사실이 주선란의 수치심을 덜어주었다. 주소옥이 추호도 딴마음을 품지 않고 오로지 정성껏 치료를 하고 있다는 사실과, 그 덕분에 나날이 옥문의 상처와 내상이 좋아지고 있음을 느끼고 있다는 것이다.

그리고 또 하나는 주소옥이 치료를 할 때면 의례희 쾌도비는 선실을 나가든가 딴청을 부렸다. 아니, 그는 주선란에게는 아예 관심이 없는 것 같았다. 그의 관심사는 오로지 주소옥뿐이었다.

처음 쾌도비에게 강도질을 당했던 날 밤에 그에게 제압됐었던 주선란은 강제로 나뭇가지에 앉혀졌다가 둔부 깊숙한 부위를 뾰족한 나뭇가지에 찔려서 쾌도비에게 치료를 받았던 적이 있었다.

그때 그가 상처를 치료하느라 옥문이나 그 주위를 보고 만졌었다.

즉, 그녀의 옥문에 대해서는 쾌도비가 전혀 낯선 존재가 아니라는 것이다.

그것이 한편으로는 위로가 되면서도 다른 한편으로는 자신의 옥문이 이놈도 보고 저년도 만져보는 마치 저잣거리 좌판에 진열해 놓은 무슨 생선이나 돼버린 것 같아서 기분이 참담했다.

그렇지만 주선란이 느껴야 하는 최고의 수치심에 비하면 이것은 아무것도 아닌 셈이다. 그것은 바로 지금부터 일어날 일이다.

주소옥이 치료를 끝내고 나서 쾌도비를 불렀다.

"이제 당신이 수고할 차례야."

주소옥이 이불을 덮어주지 않아서 쾌도비가 다가오는데도 주선란은 하체를 까발리고 다리를 벌린 채 누워 있을 수밖에 없었다. 하지만 이것은 한두 번이 아니라 매일 반복되는 일상이다.

쾌도비는 다가와서 아무런 표정도 없는 얼굴로 주선란을 굽어보았다.

그가 주소옥을 바라볼 때 더없이 온화하고 푸근한 표정하고는 정반대의 표정이다.

그는 주선란의 눈동자가 이리저리 흔들리고 눈가에 경련이 일어나는 것을 보고 그녀가 어떤 상황인지 짐작하고는 아혈을 풀어주었다.

순간 주선란은 얼굴을 찌푸리며 다급하게 말했다.

"어서, 급해."

그녀로서는 사흘 밤낮을 쉬지 않고 말해도 다 말하지 못할 정도로 할 말이 많은데도 불구하고 아혈이 풀리자마자 이런 말밖에 할 수 없는 처지가 비참하기만 했다.

하지만 비참함을 느끼는 것은 찰나에 불과하다. 서두르지 않으면 지금과는 비교할 수도 없을 정도의 비참한 상태가 돼버릴 테니까 말이다.

즉, 그녀에게는 하루에 딱 한 번 배변을 할 수 있는 기회가 주어지는데 지금이 바로 그때다.

밝을 때는 주위에 다른 고깃배가 많기 때문에 그녀를 밖으로 데리고 나갈 수 없다.

그래서 아무도 없는 밤이 되기를 기다렸다가 그녀 스스로 볼일을 보게 하는 것이다.

정말 급한 경우에는 선실 안에서 쾌도비가 대소변을 받아내지만 그것은 둘 다 못할 짓이라서 될 수 있으면 한밤중으로 배변시간을 정했다.

가장 중요한 명제는 이곳에 있는 세 사람 모두 인간이라는 사실이며, 그래서 먹어야만 목숨을 부지할 수 있고, 먹었으면 반드시 부산물을 몸 밖으로 배출을 해야만 한다는 것이다. 그것이 바로 배변이다.

사람이 살아가는 데 있어서 음식물의 섭취와 함께 절대로 빼놓을 수 없는 것이 배변인 것이다.

먹지 않고 배변을 하지 않으면 그것은 인간, 아니, 피조물이 아니라 귀신이거나 신선이다.

그래서 인간이란 참으로 가증스러운 존재다. 먹는 것, 즉 얼굴에 난 구멍으로 온갖 것을 꾸역꾸역 쑤서 넣고 그 맛을 음미하는 것은 자연스럽고도 당연하게 여긴다.

미남자나 미녀가 먹는 모습은 아름답다고까지 표현하며 입에서 침을 튀긴다.

그러나 먹은 것을 소화시킨 후에 궁둥이에 난 구멍을 통해서 배설하는 것에 대해서는 인간은 참으로 부정적인 시각과 생각을 지니고 있다.

위의 구멍으로 먹고 아래 구멍으로 배설하는 것은 자연의 섭리가 아닌가.

그런데도 배설을 더럽다고 폄하하는 것이 바로 모순이고 인간의 가증스러운 점이다.

자기가 눈 똥을 더러워하는 족속은 모든 피조물 중에서 오로지 인간뿐이다.

미남자나 미녀가 먹는 모습이 아름답다면 똥을 누는 모습도 아름답다고 해야 하지 않겠는가.

인간은 맛있는 요리를 먹으면서 그 맛을 음미하며 여러 가지 평가를 한다.

또한 인간은 똥을 누면서 배변의 쾌감과 기쁨을 음미하고 또한 그날의 배변의 양과 질을 통해서 자신의 건강과 몸의 상태를 진단한다.

이것은 먹는 것 이상으로 매우 중요한 일이다. 그렇지만 이 과정은 철저하게 비밀에 붙여져야 하고 자기 혼자만 알고 있어야 한다. 이것은 철저한 위선이다.

똥이 더럽다고 생각한다면 아예 먹지도 말아야 한다. 대체 언제부터, 그리고 누가 똥은 더럽다고 말하기 시작했는지 모를 일이다.

똥이란 예찬해야 할 그 무엇도 아니지만 마냥 더럽다고만 할 것도 아니다.

어쨌든 현재의 주선란은 처음보다는 많이 나아졌다. 깨어나자마자 주소옥의 뺨을 때릴 힘은 있었으나 제 스스로 걸어나가서 배변을 할 힘은 없었다.

그래서 처음 며칠 동안은 쾌도비가 그녀의 대소변을 묵묵히 다 받아냈었다.

즉, 그녀가 누운 채 오줌과 똥을 누면 쾌도비가 그것을 받아내고 닦아주고 또 씻어주기까지 했었다. 같은 여자인 주소옥이 하면 좋겠지만 그녀는 비위가 약해서 똥냄새만 맡아도 미친 듯이 헛구역질을 해댔다.

주소옥에게 그런 것을 맡길 쾌도비가 아니지만, 그녀가 어려움을 무릅쓰고 한번 해보겠다고 해서 맡겼더니 주선란의 하체는 물론 주소옥 자신의 몸에도 똥오줌 칠을 범벅으로 해놓았다.

그래서 쾌도비는 그것을 닦느라 더 많은 노력과 고역을 참아야만 했었다.

주선란은 평소에 쾌도비나 주소옥에게 할 말이 태산처럼

많아서 아혈이 풀리기만 학수고대했었다.

　그렇지만 정작 아혈이 풀리는 시간이 되면 제일 먼저 ‘급하다’는 말이 튀어나왔다.

　하루 종일 참았기 때문이다. 그래서 아무 말도 하지 못하고 허겁지겁 밖으로 나가서 급한 일부터 처리를 했다. 그다음에는 다시 아혈과 마혈이 제압되어 다시 시체처럼 누워 있어야만 했다.

　쾌도비는 능숙한 솜씨로 주선란의 마혈을 풀어주고 그녀를 앞세워 밖으로 나갔다.

　이 배에서 용변을 보는 장소는 고물 옆에 있다. 그렇다고 측간이 따로 있는 것이 아니라 고물 옆 배 맨 끝에 손목 굵기의 기둥이 하나 세워져 있으며, 그 앞에 발을 겨우 얹을 수 있는 발판이 있는데 그곳에 쪼그리고 앉아서 손으로 기둥을 잡고 볼일을 봐야 한다.

　두 발은 발판을 딛고 있지만 궁둥이 아래는 물이다. 용변을 보면 바로 물로 떨어져서 해결된다. 두 손을 놓으면 당연히 물로 추락하고 만다.

　주선란은 서둘러 간이 측간으로 다가갔다. 아직 몸이 완쾌되지 않아서 걸으면 여기저기 많이 아프지만 혼자서 볼일을 보지 못할 정도는 아니다.

　이 일이 정말 귀찮고 수치스럽지만 그렇다고 하지 않을 수도 없다.

이렇게 하지 않으면 선실에 누워서 쾌도비가 대소변을 다 받아내는 것을 견뎌야 한다.

그녀가 자세를 잡고 두 손으로 기둥을 움켜잡는 것을 보고 쾌도비는 몇 걸음 떨어진 곳으로 걸어가서 묵묵히 밤하늘을 응시했다.

그는 주선란이 배변을 하는 것에 대해서는 언제나 일말의 관심도 없었다.

잔잔한 바람이 갈댓잎을 흔드는 소리와 풀벌레 울음소리만 들릴 뿐 주위는 고요했다. 폭풍전야의 고요다.

쾌도비는 잔별이 은모래처럼 깔린 밤하늘을 바라보면서 생각에 잠겨들었다.

그는 배에서의 하루의 거의 대부분을 생각하는 것으로 보낸다. 예전에는 생각보다 행동이 앞섰는데 지금은 반대가 됐으며 생각이 무척 많아졌다.

그것은 좋은 현상이고 주소옥 덕분이지만 지금 그가 하려는 생각은 좋지 않다.

이제부터 어떤 방법으로 천절문까지 갈 것이며, 그곳에 도착한 이후에 주소옥에게 무슨 일이 일어날 것인지, 그러면 쾌도비 자신은 어떻게 해야 하는지 따위의 생각이니 좋을 리가 없다.

그렇지만 그가 생각에 몰입하려는 순간 생각을 방해하는 소리가 갑자기 가까운 곳에서 터져 나왔다. 마침내 폭풍이 시작되었다.

빠자자작…….

비단을 찢는 것 같기도 하고 콩을 볶는 것 같기도 한 요란한 소리다.

쾌도비가 무심결에 힐끗 쳐다보자 힘을 줘서인지 부끄럽기 때문인지 얼굴이 빨개진 주선란이 그를 쏘아보면서 앙칼지게 외쳤다.

"죽 좀 그만 먹여라! 그러니까 맨날 설사잖아!"

대명제국 황제의 딸, 즉 고귀한 보현공주의 입에서 나온 일성이다.

그녀의 앞쪽에 서 있는 쾌도비는 그녀의 달덩이처럼 희고 둥그렇지만 어두운 음영이 있는 한창 배변이 진행되고 있는 그곳을 미간을 찌푸린 채 물끄러미 응시했다.

주선란은 그가 자신의 은밀한 곳을 주시하자 몸이 오그라드는 것 같았으나 둑이 터진 것처럼 한 번 시작된 일을 멈출 수는 없었으며 그런 자세에서는 다리를 오므린다고 오므려지는 것이 아니다.

쾌도비는 못마땅한 얼굴로 그녀를 잠시 주시하다가 고개를 돌려 버렸다. 진중한 생각이 중단되었기에 그도 약간 짜증

이 난 것이다.

주선란은 수염이 덥수룩한 쾌도비의 옆얼굴을 있는 힘껏 노려보았다.

'내 남은 생의 목표를 오로지 네놈 죽이는 것으로 삼을 거야. 맹세해도 좋아. 내 앞에 엎드려서 용서해 달라고 애걸하게 될 걸? 그때 가서 너도 내 앞에서 벌거벗은 채 똥을 눠야 할 거야. 흥!'

배설의 쾌감은 들끓는 복수심으로 승화되고 있었다.

"자, 잠깐 기다려."

볼일을 보고 선실로 들어온 후에 쾌도비가 다시 혈도를 제압하려고 하자 주선란이 다급히 손을 저으며 말했다.

볼일을 보느라 있는 힘을 다 쏟아내서 더 이상 서 있을 힘조차 없는 그녀는 벽에 기대 주르르 바닥에 퍼질러 앉고 나서 초조한 표정을 지었다.

"말을 하게 해줘. 몇 마디만……."

"들어보자."

쾌도비가 혈도를 짚으려고 하자 주소옥이 그의 팔을 잡으며 만류했다.

"쓸데없는 말이면 즉시 제압할 거야."

주소옥은 짐짓 차가운 표정으로 위협했다.

자신에게 많은 시간이 주어지지 않았다는 것을 알고 있는 주선란은 가장 먼저 하고 싶은 말부터 했다.

"어떻게 된 일인지 말해줘."

주소옥은 냉랭한 얼굴로 가만히 있고 쾌도비가 혈도를 짚으려고 손을 뻗었다.

주선란은 다급하게 외치듯 말했다.

"뭔지 알아야 내가 돕든지 말든지 할 것 아냐?"

주소옥이 쾌도비를 제지하고 차분한 표정을 지었다.

"알고 싶으냐?"

주선란은 힘껏 고개를 끄떡였다.

"모두 다."

주소옥은 주선란이 원하는 대로 모든 얘기를 다 해주었다.

대명제국 선황(先皇)이 아들 중에서 누굴 태자로 책봉했으며 지금의 황제가 어떤 비열한 방법으로 동생을 몰아내고 스스로 황제에 올랐는지.

그리고 부친 남령왕이 곤명으로 유배된 이후 오늘날까지 이십여 년의 험난한 과정과 황제가 다시금 역모의 누명을 씌워서 남령부를 몰살시키려고 한다는 것.

그것을 어떻게든 막아보려고 주소옥이 천절문주에게 시집을 가려고 한다는 것.

이후 남령부를 떠나서 이곳까지 오는 동안의 처절했던 과정들을 하나도 빠짐없이 말해주었다.

장장 한 시진에 걸친 긴 이야기가 끝나고 선실 내에는 고요한 적막이 흘렀다.

쾌도비는 모두 다 알고 있는 얘기지만 다시 한 번 들으니까 가슴이 납덩이처럼 무거워졌다.

주소옥은 얘기를 하는 동안 제 설움에 겨워서 눈물이 솟구치려는 것을 여러 번 참았으나 끝내 펑펑 눈물이 쏟아져서 쾌도비에게 기대 소리 죽여 울었다.

얘기를 듣는 동안 주선란의 표정은 수시로 변했다. 내용만으로 본다면 참으로 기구하기 짝이 없는 이야기다.

한 어머니에게서 태어난 피를 나눈 형제에게 배신을 당하고, 그것으로도 모자라서 유배라는 버림을 받았으며, 이제는 그것으로도 성이 차지 않아서 형이 동생을, 아니, 동생네 피붙이를 몰살시키려 하고 있다.

그리고 부모와 식솔들을 살리기 위해서 주소옥이 사랑하지도 않는 천절문주와 혼인을 하려고 먼 길을 떠났는데 황궁은 그마저도 용납하지 않고 팔신궁에게 청부하여 그녀를 죽이려 하고 있다.

주선란은 큰오빠인 태자 주청운에게 이십여 년 전에 반역을 꾀했지만 황제의 은덕으로 겨우 목숨을 건졌던 남령왕이 또다시 역모를 꾸몄다는 식의 얘기를 대충 들었을 뿐이고, 그래서 분노했던 것이다.

그런데 그 속에 감춰진 비화가 이토록 가슴이 아프고 시릴 줄을 몰랐다.

주선란은 황궁에서 최고의 스승들에게 학문을 배웠기에 총명함과 박식함은 누구에게도 뒤지지 않는다.

그녀의 생각으로는 주소옥은 결코 거짓말을 하거나 잘못된 사실을 말하지 않았다.

말을 들어보면 뭐가 거짓이고 진실인지 정도는 주선란도 판단할 수 있다. 그렇게 봤을 때 그녀의 말은 모두 사실이고 진실이다.

"나는 전혀 몰랐어……."

한참 만에 주선란이 아직 충격에서 벗어나지 못한 표정으로 중얼거렸다.

"나는……."

그녀는 말을 잇지 못하다가 주소옥을 바라보며 울먹였다.

"우린 사촌지간인데 어쩌다가 이 지경이 되었는지……."

부모형제를 제외하곤 혈족 중에서 제일 가까운 촌수가 바로 사촌이다.

"황제께서… 아버님께서 그런 짓을 했다니……. 너무 부끄러워서 고개를 들 수가 없어……."

벽에 기대어 앉은 주선란은 굵은 눈물을 뚝뚝 흘렸다.

"나는 숙부께서 반역을 하신 줄만 알고 있었어. 그런데도 아버님께서 은혜를 베풀어 숙부를 극형에 처하지 않고 유배를 보냈는데도 또다시 역모를 꾸몄다고 해서……."

그녀는 자신이 지금까지 믿어왔던 모든 것이 한꺼번에 와르르 무너지는 것을 느꼈다.

그런데 진실은 그 반대였다. 그녀의 부친이 악한 마음을 먹지만 않았으면 당금 대명제국의 황제는 숙부 남령왕이 됐을 테고, 주소옥은 자금성에서 아무 걱정 없이 최고의 삶을 누리고 있었을 것이다.

"이걸 어떻게 바로 잡을 수 있지?"

주선란은 흐르는 눈물을 닦을 생각도 하지 않으며 주소옥을 바라보았다.

주소옥은 조금 전까지만 해도 원수나 다름이 없었던 주선란이 참회하는 모습을 보면서 마음이 따뜻해지며 큰 위로를 받았다.

第四十二章

빙탄불상용(氷炭不相容)

—얼음과 불처럼 군자와 소인은 화합하지 못한다—

참회의 눈물을 흘린 이후부터 주선란은 마혈도 아혈도 제
압되지 않은 자유로운 몸이 되었다.

주소옥이 그렇게 하자고 해서 쾌도비는 별 말 없이 그녀의
의견에 따랐다.

어제까지만 해도 주선란은 인질이었으나 지금은 두 사람
의 동료가 되었다.

그러나 제 몸 하나 추스르지 못하는 그녀가 해줄 수 있는
일은 아무것도 없다.

단지 쾌도비와 주소옥을 이해해 주는 유일한 동료가 됐다

는 것과 주소옥에게 말벗이 생겼다는 것 정도가 작은 변화라고 할 수 있다.

"잠강현에 도착하면 널 놓아줄게."

다음 날 점심 식사를 하면서 주소옥이 주선란에게 부드러운 어조로 말했다.

"싫어. 너하고 낙양 천절문까지 같이 갈 거야."

주선란은 쾌도비, 주소옥과 함께 배 앞쪽 갑판에 둘러앉아 식사를 하면서 다부진 표정을 지었다.

"무슨 일이 있어도 널 무사히 천절문까지 데려다줘야 안심할 수 있겠어. 또한 지금 내가 할 수 있는 일이 그것뿐이기도 하고."

주선란은 아랫도리에 천을 하나 두른 모습이다. 아직 상처가 낫지 않아서 속곳이나 바지를 입을 수가 없다. 그 부위에 뭐든 스치기만 하면 쓰리고 고통스러워서 옷을 입었다가 제 스스로 벗어버렸다.

그러나 이제 자유로운 몸이 되어 배의 여기저기를 돌아다닐 수 있는데 아랫도리를 벌거벗은 채로는 곤란해서 대충 천을 둘렀다.

"내가 스스로 인질이 되어 너희들과 같이 있으면 추격대에게 발각되더라도 함부로 공격하지 못할 거야."

주소옥은 주선란의 말에 크게 고무되어 미소 지었다.

"선란 너에게 빚을 지게 생겼군."

"당치도 않은 말을. 내 아버님과 큰오빠가 한 짓에 비하면 이 정도는 조족지혈이야. 자꾸 그런 말 하면 내가 더 부끄러워져."

쾌도비로서도 주선란을 인질로서 감시하고 또 억압하지 않게 되어서 일 하나를 던 셈이다.

"그런데 너 죽 말고 밥 먹어도 되겠어?"

주소옥이 맛있게 밥을 먹고 있는 주선란을 보면서 걱정스레 물었다.

주선란은 호기롭게 대꾸했다.

"네 덕분에 내상도 웬만큼 나아서 끄떡없어. 줄곧 죽만 먹었더니 매일 설사만……."

그러다가 입을 다물었다. 밤마다 간이 측간에서 배변을 하면서 궁둥이로 가죽피리 소리를 냈던 것을 쾌도비가 앞에 지켜 서서 다 보고 들었다는 것을 상기했기 때문이다.

그동안 선실 안에서는 벌거벗은 아랫도리를 벌린 채 누워서, 밤마다 배 뒤쪽 간이 측간에서 허연 궁둥이를 드러내고 볼일을 보는 모습을 쾌도비가 실컷 봤으니 생각하는 것만으로도 낯이 화끈거리는 일이다.

그런데도 이상하게 수치스럽다는 생각은 들지 않았으며

단지 부끄러울 뿐이다.

주소옥하고는 오해가 다 풀렸지만 쾌도비에게는 묵은 빚이 많다고 생각하는 주선란이다. 빚이라고 해봐야 죽이고 죽는 문제라 아니라 그녀의 못 볼 곳을 많이 본 쾌도비에 대한 감정의 빚이다.

묵묵히 밥을 먹던 쾌도비는 따가운 시선을 느끼고 쳐다보다가 주선란이 자신을 하얗게 흘겨보고 있는 것을 발견하고는 별다른 반응 없이 시선을 돌리다가 그녀의 아랫도리에 눈길이 잠시 멈추었다.

주선란은 하체에 천을 둘렀으나 책상다리를 하고 앉은 자세라서 맞은편에 앉은 쾌도비에게는 그곳이 훤하게 노출된 상태다.

쾌도비는 곧 시선을 거두었으나 주선란은 그가 그곳을 봤다는 것을 알고 얼굴이 확 붉어지면서 다리를 오므리며 젓가락을 들어 그를 때리는 시늉을 했다.

"왜? 무슨 일이야?"

딴 곳을 쳐다보며 뭔가 생각하고 있던 주소옥은 의아한 표정을 지었다.

"별일 아니오. 많이 드시오."

쾌도비는 빙그레 미소 지으며 반찬을 집어서 그녀의 밥에 얹어주었다.

그 모습을 보다가 주선란은 인질로 있을 때나 지금이나 쾌도비가 자신을 대하는 태도나 표정은 변하지 않았다는 사실을 새삼 깨달았다.

그는 세상천지에서 오로지 주소옥 한 사람에게만 잘 대해주는 것 같았다.

오늘 낮에 근처에서 고기잡이를 하고 있던 어부에게 들은 바로는 수로를 따라 북쪽으로 십오 리만 더 가면 잠강현이 나온다고 했었다.

그 말은 내일이면 지루한 물 위에서의 생활이 끝날 것이고 또 낙양으로의 북상이 더욱 빨라질 것이라는 뜻이다.

"한잔할까?"

주소옥이 길을 물어본 어부에게 한 망태기의 고기를 주고 바꾼 여러 개의 술병이 든 바구니를 가리켰다.

쾌도비는 낚시를 꽤 잘하는 편이어서 하루에 잡는 양이 세 사람이 먹고도 배 이상이 남았다.

그래서 이삼 일만 모아두면 백 마리 이상이 되는 터에 그것을 근처의 어부들과 술이든 뭐든 필요한 물건들과 교환을 해왔었다.

"에… 퉤엣!"

주선란은 술을 한 모금 마시더니 대뜸 오만상을 찌푸리며 뱉어냈다.

"이게 무슨 술이라는 거야? 독약도 이렇게 독한 독약은 없을 거야!"

주소옥은 그럴 줄 알았다는 듯 엷은 미소를 지었다.

"나도 처음에는 그랬었는데 이제는 없어서 못 마셔."

"이걸 마시느니 차라리 오줌을 마시는 게 낫겠어."

주선란은 이맛살을 찌푸리며 술잔을 내려놓았다.

주소옥은 개의치 않고 쾌도비와 나란히 앉아서 다정하게 술을 마셨다.

잠시가 지나자 주소옥은 취기가 올라서 얼굴이 발그레 달아올랐으며 혀가 조금 꼬였고 무척 기분이 좋아서 연신 깔깔거리며 웃었다.

주선란은 여태껏 쾌도비의 무표정하거나 차가운 얼굴만 봤었는데, 주소옥이 술기운에 코맹맹이 소리를 하면서 애교와 교태를 부리자 그가 빙그레 미소 지으며 때로는 소리 내서 웃기도 하는 것을 보고는 쾌도비를 달리 보았다.

술을 마신 주소옥이 돌부처 같은 쾌도비를 웃게 한다는 사실에 주선란은 다시 한 번 용기를 내서 쓰디쓴 화주에 도전해 보기로 했다.

그날 밤 독하디독한 화주 다섯 병에 일남이녀는 아주 고주

망태가 되어버렸다.

술 덕분에 주소옥과 주선란은 친자매처럼 친해졌으며, 쾌도비도 주선란에게 미소를 지어 보였다.

쾌도비가 자신을 동료로서 받아주고 있다는 사실에 한껏 신바람이 난 주선란은 취중에 자신이 알고 있는 모든 웃기는 말과 행동을 선보였으며, 나중에는 아랫도리를 두른 천을 벗어던지고 해괴한 춤까지 덩실덩실 췄다.

지난밤에 볼일을 보지 않은 상태에서 술을 마신 주선란은 술이 만취한 채 자다가 이른 새벽에 배가 몹시 아파 잠에서 깨어났다.

그녀는 자신과 주소옥, 쾌도비가 한데 뒤엉켜서 자고 있는 것을 발견하고 피식 실소를 머금었다.

똑바로 자고 있는 쾌도비의 양쪽에서 주소옥과 그녀가 서로 마주보는 자세로 그의 품에 안겨서 자고 있었다.

그녀는 자신이 손을 그의 가슴에 한쪽 다리를 배에 얹은 채 자고 있었다는 사실을 깨닫고 묘한 기분에 빠졌다.

지금까지 살아오면서 그녀는 누군가를 이처럼 부둥켜안고 자본 적이 한 번도 없었다. 그래서 잠깐 동안이지만 마치 자신과 주소옥이 사이좋게 한 사내를 남편으로 섬기는 착각이 들었다.

'무슨 말도 안 되는 상상을 하고 있는 거야?

어쨌든 그녀는 이제야 이들하고 진짜 친구가 된 기분이어서 독한 화주를 마시기를 잘했다는 생각이 들었다. 아직 술이 덜 깬 상태에서도 그녀는 자신이 할 수 있는 한 최선을 다해서 이들을 도와야겠다고 다짐했다.

비틀거리면서 밖으로 나온 그녀는 평소 습관대로 배 고물의 간이 측간으로 향했다.

쾌도비는 그녀가 깨어나 나가는 것을 알았으나 잠시 후에 예의 그녀 특유의 볼일 보는 소리가 고물 쪽에서 나는 것을 듣고 다시 잠을 청했다.

주선란이 볼일을 다 보고 일어나려고 할 때 난데없는 일이 벌어졌다.

[보현공주입니까?]

"……."

어디선가 매우 조용한 전음입밀이 귓속을 파고들자 그녀는 소스라치게 놀랐다.

그녀는 궁둥이를 허옇게 까고 두 손으로 기둥을 잡은 채 얼어붙고 말았다.

[맞으면 고개만 끄떡이십시오.]

술이 덜 깬 상태지만 그녀는 전음을 보낸 상대가 자신에게 해를 끼칠 것 같지는 않다고 생각했다. 죽일 것 같았으면 전음 따위는 보내지 않았을 것이다. 그래서 고개를 끄떡이며 주위를 둘러보았다.

내상 때문에 아직 공력을 제대로 끌어올릴 수 없는 그녀의 눈에는 온통 캄캄한 어둠만 보일 뿐이다.

[무정도와 자봉공주는 선실 안에 있습니까?]

그녀는 얼떨결에 다시 고개를 끄떡였다. 그러면서 전음을 보낸 인물이 어쩌면 자신을 구하러 왔을지도 모른다고 본능적으로 짐작했다.

그녀는 전혀 예상하지 못했던 일에 너무 놀라서 자신이 지금 볼일을 보고 있다는 사실조차도 망각했다.

[일을 처리한 다음에 구해줄 테니까 그 자리에 그대로 움직이지 말고 있도록 하십시오. 알겠습니까?]

주선란은 세 번째로 더욱 크게 고개를 끄떡였다. 전음을 보낸 인물이 말한 ‘일을 처리한다’ 라는 것이 쾌도비와 주소옥을 죽이는 것이라고 알아들었다.

그러면서도 주선란은 소리를 질러서 쾌도비와 주소옥에게 코앞에 직면한 위험을 알리지 않았다.

당황해서 그런 생각을 하지 못한 것이 아니다. 구태여 할 필요가 없다고 판단했다.

아까 술을 마실 때에는 셋이서 그토록 화기애애하게 웃고

떠들면서 신나게 놀았었고, 또한 조금 전에 배가 아파 잠에서
깨어나 자신과 쾌도비, 주소옥이 한데 뒤엉켜서 자고 있었던
것을 발견하고는, 무슨 일이 있어도 최선을 다해서 그들을 돕
겠다고 다짐했었는데 지금은 그런 것들이 하나도 기억나지
않았다.

가책 따위도 느끼지 못했으며 단지 어서 빨리 이곳에서 이
상황에서 벗어나 자신이 있어야 할 곳으로 돌아가고 싶은 마
음뿐이다.

스우우…….

'아…….'

주선란은 돌연 자신의 옆에서 하나의 시커먼 물체가 유령
처럼 솟구치자 소스라치게 놀라서 하마터면 비명을 지를 뻔
했다.

그자는 눈만 내놓은 검은 복면에 흑의를 입었고 신발까지
검은색으로만 감싼 날렵한 체구의 인물이었다.

캄캄한 밤에 흑일색으로만 입고 있어서 어둡하고 식별하
기가 어려웠다.

또한 양쪽 어깨에는 두 자루 검을 메었고 양쪽 허리춤에는
주먹 크기의 검은 주머니를 찼으며, 특히 왼쪽 허리에 한 자
길이의 붉은 막대기가 매달려 있는 것이 눈에 띄었다.

뿐만 아니라 등에 한 자가 조금 안 되는 길이의 둥근 통이

묶여 있는데 허리춤의 막대기처럼 무슨 용도인지 짐작조차
할 수가 없다.

　주선란은 살수를 한 번도 본 적이 없지만 자신과 두어 뼘도
되지 않는 거리에 쪼그린 자세로 앉아서 이쪽을 보고 있는 흑
의인이 바로 살수일 것이라고 추측했다.

　더구나 이렇게 물에 떠 있는 작은 배에 사람이 올라서면 체
중 때문에 배가 흔들리는 게 당연한데도 흑의인, 아니, 살수
가 올라섰지만 마치 가랑잎 하나가 얹힌 것처럼 추호도 흔들
림이 없었다.

　[속으로 열을 세기도 전에 끝날 것이오.]

　살수가 주선란을 힐끗 쳐다보며 전음으로 말했다. 목소리
로 미루어 방금 전에 전음을 보낸 자가 분명했다.

　주선란은 기둥을 꼭 붙잡은 채 고개를 끄떡였다. 그녀의 머
릿속에는 어서 빨리 선실 안의 두 사람을 죽이고 자유의 몸이
되기를 바라는 마음뿐이다.

　이 순간의 그녀는 주소옥의 긴 설명을 듣고 눈물을 흘리며
참회하기 전의 보현공주로 돌아가 있었다.

　쾌도비를 산 채로 제압하여 그녀가 원하는 것처럼 굴종을
강요하지 못하는 것이 안타깝지만 지금으로썬 어쩔 수 없는
일이다.

　살수의 임무는 죽이는 것이지 제압이 아니다. 이자에게 쾌

도비를 제압하라는 것은 이 일을 망치라고 주문하는 것이나
다름이 없다.

그나저나 이자 혼자서 쾌도비를 죽이려는 것인지 아니면
다른 살수들이 더 있는 것인지 주선란은 미심쩍어졌다.

스으으…….

그때 그녀의 내심을 읽기라도 한 듯 배의 양쪽 아래에서 여
러 명의 살수가 흡사 유령처럼 느린 듯 빠르게 솟구쳐 올라
난간 위에 올라서고 있었다.

그녀 옆에 있는 자까지 도합 아홉 명이다. 선실 때문에 보
이지 않는 방향까지 친다면 십수 명에서 이십여 명은 족히 될
것이다.

그렇게 많은 살수가 배에 올라섰는데도 추호의 기척도 배
의 흔들림도 없었다.

그래서 주선란은 이들이 평범한 살수가 아닌 일급살수일
것이라고 짐작했다.

이 정도라면 쾌도비를 충분히 죽일 수 있을 것이라고 비로
소 안심이 되었다.

그녀 생각에 쾌도비는 매우 고강한 것 같은데도 선실 안에
서는 아무런 기척이 없다. 그는 살수들의 출현을 감지하지 못
한 것이 분명했다.

슉―

그때 주선란 옆에 쪼그리고 있던 살수가 일어서더니 선실 입구를 향해 걸어가기 시작했다.

삐그덕… 삐걱…….

그런데 살수로서의 은밀한 행보가 아니라 체중을 실어서 걷는 터에 바닥을 딛는 소리가 작게 울리는 바람에 주선란은 깜짝 놀랐다.

그러나 주선란은 살수가 너무 태연한 것을 보고는 그녀 자신이 볼일을 마치고 선실로 돌아가는 것처럼 살수가 흉내를 내는 것이라는 사실을 깨달았다.

살수는 주선란보다 체구가 더 크지만 그녀만큼의 체중을 실었고 또 약간 비틀거리고 있기에 바닥에서 나는 소리는 그녀가 걷는 것처럼 들렸다.

그가 선실 입구에 이르렀을 때 다른 살수들도 일제히 행동을 개시했다.

사방에서 흑영들이 일제히 선실을 향해 추호의 기척도 없이 돌진했으며, 허공에서도 어디선가 갑자기 나타난 다섯 개의 흑영이 여러 방향에서 병아리를 낚아채려는 매처럼 내려꽂혔다.

끼이…….

드디어 살수가 입구를 열고 선실로 들어서는 것과 동시에 공격이 개시되었다.

콰자자작—

문을 연 살수가 쌍검을 뽑으면서 자고 있는 쾌도비와 주소옥을 향해 곧장 짓쳐가는 것과 동시에 선실의 사방과 천장을 뚫고 이십여 명의 살수가 언제 쌍검을 뽑았는지 양손에 쌍검을 쥐고 일제히 공격을 퍼부었다.

발검을 했는데도 일체 소리가 나지 않았다는 것은 그들이 일급살수임을 입증하는 것이다.

콰드드득! 쐐쐐애액!

여전히 간이 측간에 궁둥이를 까고 쪼그리고 앉아서 두 손으로 기둥을 꽉 잡고 있는 주선란은 선실이 산산이 박살 나서 흩어지는 것과 무수한 파편 속에서 쾌도비와 주소옥이 자다가 크게 놀라고 있는 모습, 그리고 두 사람을 향해 사십여 자루의 검이 한꺼번에 쏟아지는 광경을 목격하고 회심의 미소를 지었다.

그 순간 주선란은 쾌도비가 크게 놀라는 표정을 지으며 온몸으로 주소옥을 덮으면서 오른손을 크게 휘두르는 것을 발견했다.

콰차차창!

쾌도비의 오른손에 부딪친 검들이 부러져서 흩어졌고, 미처 부러뜨리지 못한 검들은 그의 몸을 찌르고 베었다. 그러나 가장 가깝게, 그리고 치명적으로 찔러오던 검들은 그의 오른팔이 모두 쳐냈다.

파아―

순간 쾌도비는 잠에서 막 깬 경황 중에도 왼팔로 주소옥을 안는 것과 동시에 오른팔로 힘껏 바닥을 밀면서 허공으로 쏜살같이 솟구쳤다.

그 과정에 살수들의 두 번째 공격이 전개됐다.

쐐애액! 쉬쉬이익!

이십여 명이 한꺼번에 공격을 하면 중구난방일 텐데 이들은 마치 한 명이 공격하는 것처럼 일사불란했고 또 검의 파공음마저도 간명했다.

살수들의 두 번째 공격은 실패했다. 쾌도비에게 무적에 가까운 오른팔이 있다는 사실과 오른팔로 바닥을 밀면서 매우 빠른 속도로 솟구칠 수 있다는 사실을 사전에 전혀 계산하지 않았기 때문이다.

쾌도비가 순전히 오른팔의 힘만으로 쏜살같이 솟구치면서 재빨리 아래를 훑어보자 정확하게 이십 명의 흑의인이 솟구쳐 오르고 있는 것이 보였다.

주선란은 위를 쳐다보면서 살수들이 쾌도비와 주소옥을 죽이는 것을 실패했다고 생각하여 실망을 금치 못했다.

깊이 잠들어 있을 때도 두 사람을 죽이지 못했는데 깨어나서 저렇게 높이 솟구쳐 오르는 것을 어떻게 죽일 수 있다는 말인가.

하지만 그녀의 그런 생각은 머릿속에 떠오르는 것보다 더 빨리 사라져 버렸다.

그녀의 시선은 쾌도비를 따라서 솟구치고 있는 살수들을 향하고 있는 중이다.

그런데 그들 중에 절반이 믿을 수 없을 만큼 빠르게 양손의 쌍검을 어깨의 검실에 꽂는가 싶더니, 두 손으로 각각 왼쪽 허리춤의 막대기와 등에 메고 있는 통에서 뭔가를 꺼내어 쾌도비를 향해 발사하고 있었다.

투앙─

팽팽한 북을 힘차게 두드린 듯한 거센 음향이 밤하늘에 울려 퍼졌다.

그런데 놀랍게도 그것은 피처럼 붉은색의 화살이었다. 하지만 주선란은 하나의 막대기가 어떻게 해서 활로 변했는지는 짐작조차 할 수가 없다.

다만 등에 메고 있는 통 속에 화살이 담겨 있었을 것이라는 사실은 짐작할 수 있었다.

그녀가 강호에 대해서 조금만 더 견식이 풍부했다면, 방금 살수들이 발사한 보통의 절반 크기인 핏빛 화살이 강호에서 열 손가락 안에 꼽히는 혈혼곡의 성명무기 중 하나인 혈혼전이라는 사실을 알아볼 수 있었을 것이다.

그러나 그녀는 혈혼곡의 살수, 즉 혈혼살수들 동작이 워낙 빨라서 그들이 혈혼전을 발사하는 것만 보았고 다른 것은 보지 못했다.

쾌도비가 본능적으로 오른손을 품속에 넣어 비도쾌를 뽑을 때 솟구쳐 오르고 있는 살수의 절반 열 명이 어느새 핏빛 화살을 발사하고 있었으며, 다른 절반은 오른손을 힘차게 뻗으며 뭔가를 던지고 있었다.

쐐애애―

촤아아―

핏빛 화살 혈혼전과 함께 밤하늘을 뒤덮으며 소나기처럼 쏘아오고 있는 것은 수백 개의 암기였다.

바늘처럼 생긴 것과 쇠털처럼 가느다란 것도 있으며 손톱 크기에 별처럼 생긴 것 등 대여섯 종류였다.

쾌도비는 그것을 보고 순간적으로 어떻게 해야 할지 갈피를 잡지 못했다.

그의 솟구치는 속도는 처음보다 현저하게 느려지고 거의 멈추기 직전이다.

그런 상태에서 혈혼전과 암기들을 맞으면 고슴도치가 되고 말 것이다.

이런 급박한 상황에서 비도쾌로 천지무쌍쾌나 고금제일도를 전개하여 살수 몇 명을 죽인다고 해도 이미 쏘아오고 있는 열 개의 혈혼전과 수백 개의 암기를 와해시킬 수는 없는 노릇이다.

이 정도의 화살과 암기 공격이라면 기적이 일어나지 않는 한 고슴도치가 돼버리고 말 것이다.

쾌도비가 주소옥을 완전히 감싸면 그녀는 무사할 수 있겠지만 그는 죽음을 면하지 못하고, 그리되면 그녀 역시 죽은 목숨이나 다름이 없다.

그야말로 절체절명의 순간이다. 쾌도비에게는 공격이든 방어든 단 한 번을 전개할 기회가 있을 뿐이지만 무엇을 어떻게 해야 할지 대책이 없다.

자다가 느닷없이 급습을 당한 지 채 한 호흡도 지나지 않았으며 그의 품속에 파묻혀서 아무것도 보지 못하고 있는 주소옥에게 어떤 조언을 듣는 것은 불가능하다.

허공으로 솟구치고 있는 상황이라서 오른팔에 막강한 공력이 담겨 있다고 해도 소용이 없다.

무언가 단단한 물체가 있어야지만 오른팔로 그것을 쳐서 순간적으로 이 상황에서 벗어날 수 있을 테지만 허공에 그런 것이 있을 리 없다.

거기까지 생각하던 쾌도비의 머리를 번개처럼 스쳐가는 무언가가 있다.

고오오……

열 자루 혈혼전과 수백 개의 암기가 두어 자 거리까지 쇄도하고 있을 때, 그는 오른손의 비도쾌를 아래쪽 배를 향해 전력으로 휘두르며 천지무쌍쾌를 전개했다.

퍽… 쾅!

천지무쌍쾌의 무형강기가 솟구치는 혈혼살수 한 명의 정수리를 뚫고는 배의 뒤쪽 갑판을 강타했다.

갑판이 박살 나는 것과 동시에 그 반탄력에 의해서 쾌도비의 몸이 처음에 솟구쳤을 때보다 더욱 빠른 속도로 다시 솟구쳐 올랐다.

그의 솟구치는 속도는 혈혼전과 암기들이 쏘아 오르는 속도보다 서너 배는 더 빨라서 찰나지간에 높이 솟아 사정권에서 벗어났다.

"앗!"

여전히 궁둥이를 깐 상태에서 기둥을 붙잡고 있던 주선란은 쾌도비가 방금 발출한 천지무쌍쾌의 무형강기로 인해서 자신의 앞쪽 두 자 거리의 갑판 바닥이 박살 나며 그 충격으로 둥실 허공으로 떠올랐다가 물로 날아갔다.

쾌도비는 혈혼살수들의 공격을 피하는 것으로 만족하지 않고 솟구치면서 아래를 향해서 비도쾌를 번쩍 그어 비쾌법 이 초식 고금제일도를 전개했다.

수직으로의 도약이 끝나고 하강하기 시작하던 혈혼살수들

은 설마 쾌도비가 이런 절박한 상황에서 반격을 가할 줄은 추호도 예상하지 못했다.

아니, 그가 아래를 향해 조그만 칼을 휘두르는 것을 보긴 했으나 그것이 공격이라고는 생각하지 않았다. 거리가 오 장 이상이나 멀기 때문에 한 자 남짓의 조그만 칼은 아예 닿지 않기 때문이다.

후우우…….

고금제일도가 전개되자 지상을 떠나서 승천하는 승룡(乘龍)이 안타깝게 탄식하는 듯한 음향만이 바람 소리처럼 밤하늘을 슬쩍 흔들었을 뿐이다.

그렇지만 음향만 들릴 뿐 밤하늘에는 그 어떤 것도 보이지 않았다.

그렇기에 고금제일도의 무형강기, 아니, 무형도기가 그 무엇보다도 빠른 속도로 긴 채찍처럼 휘늘어져서 혈혼살수 두 명의 몸을 측면과 배후에서 휘어 감는 것을 당사자조차도 전혀 느낄 수가 없었다.

사악…….

"크윽……."

"흑……."

하강하던 이십 명의 혈혼살수 중에서 두 명이 희미하면서도 답답한 신음을 흘렸다.

　동료들은 설마 그 신음이 그들이 죽어가면서 흘린 것이라고는 상상하지 못했다.

　후우…….

　위로 삼 장 가량 더 솟구치고 있는 쾌도비가 두 번째 고금제일도를 전개할 때까지도 혈혼살수들은 동료 두 명의 숨이 끊어졌다는 사실을 모르고 있었다.

　사아아…….

　두 번째 발출된 고금제일도는 측면이나 배후가 아닌 성난 뱀처럼 구불구불 마구 요동을 치면서 허공의 반경 이 장 이내를 온통 휘저어 버렸다.

　"큭…….”

　"캑…….”

　이번에는 네 마디의 답답한 신음이 흘렀다.

　몸이 절단된 상태로 죽은 여섯 명은 배나 물에 닿기 전에 몸이 분리되어 몸뚱이가 둔탁하게 배에 떨어지거나 물에 빠졌다.

　쿠쿠쿵!

　풍덩! 푸덩덩!

　혈혼살수들은 그 광경을 보면서 크게 놀라기만 할 뿐이지 도대체 어찌된 영문인지 알지 못했다.

　하지만 반사적으로 위를 쳐다보다가 쾌도비가 천근추의

수법을 발휘하여 묵직하게 하강하며 세 번째로 비도쾌를 휘두르는 것을 보고는 비로소 현실을 깨달았다.

후우…….

그제야 혈혼살수들은 방금 전 두 번이나 들었던 천룡의 탄식 같은 이 음향이 죽음의 전조(前兆)일지도 모른다는 생각이 들었다.

혈혼살수들은 우두머리가 누군지도 알 수 없으며 이 상황에서 어떻게 하라는 명령도 없었으나 일제히 쌍검을 뽑으면서 재차 쾌도비를 향해 도약하며 공격을 퍼부었다.

"승냥이 같은 놈들."

이미 살심이 크게 일어난 쾌도비는 이글거리는 눈으로 혈혼살수들을 굽어보며 약간의 변화를 일으켰다.

즉, 꼿꼿하게 선 자세로 하강하면서 빙글 한 바퀴 회전하며 비도쾌를 그어댄 것이다.

합공하고 있는 혈혼살수가 열네 명이나 된다고 하더라도 검기나 검강을 발출하지 못하기 때문에 그들의 검이 쾌도비의 몸에 닿아야만 된다.

하지만 고금제일도의 무형도기는 비단 빠른 데다 눈에 보이지 않을뿐더러 먼 거리까지 뿜어지는데 혈혼살수들이 그것을 당해낼 리가 없다.

사가가아…….

“크큭……”

“크액!”

답답한 신음소리가 와르르 쏟아지며 다섯 명의 몸뚱이가 주춤했다.

거리가 삼 장으로 좁혀지고 하룻강아지 범 무서운 줄 모르는 혈혼살수들이 계속 상승하고 있을 때 쾌도비는 다시 한 번 빙글 빠르게 회전하면서 고금제일도를 전개했다.

스사아아…….

도저히 한 자루 칼이 살과 뼈를 가르는 것이라고는 여겨지지 않는 소리와 함께 또다시 네 명의 몸뚱이가 정들었던 몸과 분리되어 흩어졌다.

살아남은 다섯 명의 혈혼고수는 그제야 쾌도비가 무형의 무엇인가를 전개한다는 사실을 어렴풋이 깨달았다.

최초의 급습이 시작된 이후 겨우 세 호흡 만에 동료 열다섯 명을 저승으로 떠나보내고서야 생존자들은 무정도가 도저히 자신들의 상대가 아니라는 사실을 깨닫고 일제히 사방으로 몸을 날려 도망쳤다.

가슴까지 물에 빠진 주선란은 쾌도비가 부서진 배의 난간에 내려서면서 도망치는 혈혼살수들을 향해 비도쾌를 연달아 세 번 가리키는 것을 보았다.

퍼퍼퍽!

도망치던 혈혼살수 중에 세 명이 물에 입수하기도 전에 머리통이 터지고 몸뚱이가 관통되었다.

풍덩!

쾌도비는 마지막 생존자 두 명이 각기 다른 반대 방향에서 물속으로 들어가는 것을 발견하고 연이어서 천지무쌍쾌를 발출했다.

고오…….

퍽!

상체가 이미 물속에 들어간 혈혼살수 한 명의 허리에 구멍이 뚫렸다.

파앙!

쾌도비는 몸을 돌리기도 전에 재빨리 오른손의 비도쾌를 반대 방향으로 뻗으며 천지무쌍쾌를 전개했으나 최후의 일인은 이미 물속 사선으로 잠겨 버려서 무형도기는 물보라를 일으켰을 뿐이다.

그는 기울어서 침몰하고 있는 배의 난간에 선 채 즉시 오른팔의 공력을 귀로 보내 청력을 극대화시켰다.

사방의 온갖 잡소리가 한꺼번에 고막을 두드리는 가운데 두 개의 소리를 잡아냈다.

하나는 뭔가 큰 물체가 물속에서 물살을 가르는 소리고, 다른 하나는 누군가의 중얼거림이다.

쾌도비는 자신이 서 있는 위치에서 왼쪽으로 약간 방향을 틀면서 비도쾌를 뻗었다.

스퍽!

무형도기가 뿜어져서 오 장 가량 날아가 사선으로 비스듬히 물속에 꽂혔다.

쾌도비가 그곳을 뚫어지게 주시하고 있는데 잠시 후에 등허리 오른쪽이 뭉텅 떨어져 나간 혈혼살수 한 명이 수면으로 떠올라서 온몸을 떨면서 허우적거리다가 잠시 후에 축 늘어졌다.

배는 가라앉았지만 수심이 얕은 갈대숲 속이라서 난간과 부서진 선실의 윗부분은 수면 위로 나와 있었다.

쾌도비는 날카로운 독수리의 눈빛으로 천천히 주위를 둘러보았다.

파손된 배 주위에는 혈혼살수들의 시체가 둥둥 떠 있으며 제 몸뚱이를 온전히 보존하고 있는 것은 하나도 없었다. 그 짝을 맞춰보면 정확하게 이십 구가 될 터이다.

第四十三章

초상지풍필언(草上之風必偃)

—풀 위로 바람이 불면 반드시 풀이 눕는다

주변을 둘러보던 쾌도비의 시선이 머문 곳에는 주선란이 물속에 오도카니 서 있었다.

그녀의 얼굴은 두려움에 물들어 있었다. 볼일을 보던 중에 난데없이 살수들의 급습을 받아서 무척 놀라고 두려워하는 것처럼 보였다.

쾌도비는 비도쾌를 품속에 넣었다. 조금 전에 물속으로 도망친 혈혼살수 마지막 한 명을 찾으려고 오른팔의 공력으로 청력을 극대화했을 때 주변에 더 이상의 사람이 없다는 것을 확인했었다.

“이리 와라.”

“아…….”

그의 말에 주선란은 움찔하더니 물살을 헤치면서 천천히 배로 다가갔다.

그러다가 갑자기 물이 깊어진 곳을 디뎠는지 머리까지 물속에 잠기면서 허우적거렸다.

“어푸…….”

쾌도비는 반사적으로 그녀에게 손을 뻗으면서 붙잡아야겠다는 생각을 했다.

그녀와 무려 오 장이나 떨어져 있으므로 붙잡을 수 없지만 단지 반사적인 행동이다.

촤아…….

“아아…….”

그런데 물속에 빠졌던 주선란이 불쑥 수면으로 솟구쳐서 곧장 쾌도비를 향해 날아왔다.

그가 급한 김에 오른손을 뻗은 것이 그도 모르게 오른팔의 공력을 끌어당기는 것으로 전환하여 접인신공(接引神功)이 전개된 듯했다.

접인신공이 무엇인지도 모르는 그이기에 황당한 일이지만 공력을 발출하는 것이 아니라 반대로 끌어당기면 이런 현상이 벌어지나 보다 하고 나름대로 정리를 했다.

그의 생각이 옳다. 접인신공이란 특수한 구결에 따라서 전개하는 것이 아니라 단지 공력이 심후하면 전개할 수 있는 것이기 때문이다.

주선란은 쾌도비가 접인신공으로 자신을 끌어당기자 해연히 놀라는 표정을 지었다.

혈혼살수 이십 명을 눈 깜짝할 사이에 모조리 몸뚱이를 잘라서 해치운 것이나, 접인신공을 아무렇지도 않게 전개하는 것을 보고 그녀는 자신이 생각하고 있던 것보다 그가 훨씬 더 고강하다고 생각했다.

물속에서 그에게 날아가는 오 장여의 거리 동안 그녀는 이제부터 어떻게 처신을 해야 할지 궁리를 했다.

방금 전까지만 해도 살수 이십여 명이 깊이 잠들어 있는 쾌도비와 주소옥을 죽이고도 남을 것이라고 낙관하면서, 내심으로는 무사히 귀환하여 둘째 오빠 주우명을 만나서 무슨 말을 할 것인가를 이리저리 생각했었던 그녀가 잠시 후에는 당당하게 살아남은 쾌도비 앞에서 어떻게 처신할 것인가를 고민해야만 하는 처지가 돼버렸다.

'그래. 잠시의 악몽으로 치부하고 다시 어젯밤처럼 희희낙락하는 사이로 돌아가는 거야. 그러다 보면 또 다른 기회가 생길지도……'

콱!

"끅!"

그녀는 목이 부러지는 충격과 숨이 멎는 듯한 고통을 동시에 느끼며 생각이 중단됐다.

"끄으으… 왜……."

쾌도비가 오른팔을 쭉 뻗어서 자신의 목을 한 손으로 움켜잡자 그녀는 얼굴이 새빨개지고 두 눈이 튀어나올 것 같은 모습이 되어 간신이 신음을 토했다.

쾌도비는 경멸과 분노가 뒤섞인 눈빛으로 그녀를 쏘아보며 씹어뱉듯이 중얼거렸다.

"배신보다는 그나마 적이었을 때가 더 나았다."

"끄으으……. 그… 그게… 무슨 말……."

그는 조금 전에 오른팔의 공력으로 청력을 극대화시켰을 때 물속으로 사라진 마지막 혈혼살수의 기척과 누군가의 중얼거림을 동시에 들었는데 그 목소리의 주인공이 바로 주선란이었다.

─하늘이시여… 제발 저놈 쾌도비를 죽일 고수들을 더 보내주세요.

그런 간절하고도 울먹이는 아주 작은 중얼거림이었으며, 운 나쁘게도 쾌도비의 막강한 오른팔 공력이 집중된 청력에 걸려들었다.

그 중얼거림은 많은 의미를 내포하고 있었다. 한 가지 분명한 것은 주선란이 절대 친구는 아니라는 사실이다.

"끄으으… 나… 나는……."

주선란은 쾌도비의 눈빛이 잔인하게 번들거리는 것을 보고 소름이 쫙 끼치면서 혈혼살수들을 불러들인 것이 자신이 아니라는 변명을 하려고 기를 썼으나 목이 조여서 아무 말도 하지 못했다.

그렇지만 쾌도비로선 주선란이 혈혼살수들을 불러들였든 아니든 개의치 않았다.

그의 관심사는 주선란이 환심을 사기 위해서 거짓으로 연기를 했다는 것과 배신을 했다는 점이다.

주소옥은 쾌도비의 왼팔에 안긴 채 가슴에서 얼굴을 떼고 눈앞에 벌어지고 있는 광경을 발견하고는 크게 놀라 눈을 동그랗게 떴다.

어째서 이런 일이 벌어지고 있는 것인지 영문을 모르지만 그녀는 무조건 쾌도비를 믿었으며, 그가 이러는 데에는 반드시 그럴 만한 이유가 있을 것이라고 생각했다.

"네가 우리의 친구가 됐다고 여겼었다."

"나… 나는 친구야… 믿어줘……."

주선란은 결사적으로 변명했다.

"후우… 사람을 믿는 것이 이렇게 힘들 줄이야……."

주선란을 쏘아보는 쾌도비의 눈빛이 잠깐 흐려지면서 착잡한 한숨을 내쉬었다.

그러는 와중에 손에서 힘이 약간 빠졌고, 그 순간 주선란이 오른발로 있는 힘껏 그의 사타구니를 걷어찼다.

우지직!

"끄윽……."

그러나 그녀의 오른발은 쾌도비의 사타구니 한 뼘 거리에서 멈추었다. 그가 오른팔에 힘을 주어 그녀의 목을 부러뜨렸기 때문이다.

수수깡처럼 힘없이 부러진 그녀의 목은 젓가락 몇 개를 합쳐 놓은 것처럼 가늘어졌으며, 그 위에 얹혔던 머리는 옆으로 기울어져서 흔들거렸다.

두 눈알이 튀어나와 대롱거렸고 크게 벌어진 입에서 혀가 길게 뻗어 나왔다.

대명제국 황제의 딸 보현공주는 이렇게 이름 없는 늪에서 목이 부러져 이승을 떠났다.

쾌도비의 행동을 전적으로 믿는 주소옥이지만 갑작스런 주선란의 죽음에 너무 놀라서 눈을 동그랗게 뜨고 숨을 멈춘 채 그녀를 바라보았다.

휙!

쾌도비는 미간을 찌푸린 차가운 얼굴로 마치 더러운 물건을 버리듯 그녀를 물로 슬쩍 던졌다.

첨벙!

물에 떨어진 그녀는 수면에 떠 있다가 잠시 후에 스르르 가라앉았다.

하지만 물이 깊지 않기 때문에 바닥에 가라앉은 희끗한 그녀의 모습이 일렁거리는 물결 너머로 보였다.

주소옥은 난데없이 벌어진 일에 소스라치게 놀랐으나 곧 정신을 수습했다.

방금 벌어진 일은 그녀가 지금까지 겪었던 여러 가지 충격적인 사건 중에 하나일 뿐이다.

*　　　*　　　*

동이 트기 시작한 이른 아침의 늪지대는 자욱한 안개에 뒤덮여 있다.

스으으…….

끼이이…….

짙은 안개를 뚫고 한 척의 그리 크지 않은 배가 수면 위를 미끄러지듯이 나아가면서 모습을 드러냈고 노 젓는 소리가 아침의 고요를 잔잔하게 흔들었다.

스사아아…….

그런데 한 척이 아니다. 최초의 한 척 뒤에 다시 세 척이 나타나더니 그 뒤쪽으로 수십 척의 그만한 배가 줄지어서 모습을 드러냈다. 이곳은 수심이 얕아서 큰 배는 운항할 수가 없다.

선두의 배 앞 갑판에는 세 명의 혈혼살수가 서서 날카로운 눈빛으로 전방을 살피고 있다.

혈혼곡은 강호의 수많은 살수집단 중에서도 추적술에서 단연 독보적인 능력을 발휘하고 있다.

이들은 무정도와 자봉공주를 추적한 동료들이 남긴 흔적을 따라서 여기까지 왔다.

그때 전방을 살피던 세 명의 혈혼살수 중 한 명이 한쪽 방향을 가리키며 외쳤다.

"뭔가 있습니다!"

선두 배 앞쪽의 수면에 어떤 물체들이 떠 있는 광경이 자욱한 안개 사이로 보였다.

늪의 물은 흐르지 않고 한곳에 정체되어 고여 있어서 그곳에 떠 있거나 가라앉은 시체들은 움직이지 않는다. 선두 배의 혈혼살수는 그것을 발견한 것이다.

수십 척의 배가 그곳으로 몰려들었고 혈혼살수들과 황궁의 백호고수들, 팔신궁 고수들이 분주하게 늪에 떠 있거나 가라앉은 시체들을 배로 건져 올렸다.

그리고 그 광경을 돌처럼 굳은 긴장한 표정으로 지켜보고 있는 한 명의 청년은 다름 아닌 중천왕자 주우명이다.

아무도 입을 열지 않았지만 늪에서 건져 올리고 있는 도막 난 시체들이 혈혼살수라는 사실을 알고 있다.

물에 퉁퉁 불은 시체들이 하나씩 배에 건져 올려질 때마다 사람들의 표정은 점점 더 굳어졌다.

배에 타고 있는 사람들은 무정도가 이 정도로 고강할 줄은 예상하지 못했었다.

주우명은 악양 인근에서 무정도 쾌도비가 주선란에게 중상을 입히고 달아난 이후, 추격전에서도 유유히 빠져나갔을 뿐만 아니라 악양의 영생의원에서 백호고수들을 죽이고 주선란을 납치한 사실 등을 감안하여 그가 예상했던 것보다 훨씬 고강하다고 짐작했었으나, 혈혼살수 이십 명을 한꺼번에 죽일 정도일 줄은 몰랐었다.

"놈은 이곳에서 배를 버리고 간 것 같습니다."

주우명 오른쪽에 서 있는 백호장이 저만치 늪에 부서진 채 반쯤 가라앉은 배를 쳐다보며 말했다.

"이곳을 배 없이는 벗어날 수 없을 테니까 근처 어촌에서 배를 구해서 북상했을 것입니다."

주우명 왼쪽에 서 있는 팔신궁 웅신사령주가 어촌을 찾는 듯 주위를 둘러보면서 백호장의 말을 받았다.

백호장이 주우명을 향해 공손히 포권을 해보이면서 진중하게 말했다.

"속하들이 반드시 공주님을 구할 테니 너무 염려하지 마십시오, 왕자님."

이들은 주선란이 죽었을 것이라고는 상상조차 하지 못했다.

"왕자님!"

그때 혈혼고수들을 지휘하면서 시체를 건지고 있던 백호고수 한 명이 다급한 목소리로 주우명을 불렀다.

주우명은 백호고수의 외침을 듣는 순간 뭐라고 설명하기는 어렵지만 왠지 불안한 느낌이 와락 엄습했다.

"저기를……."

백호고수가 천천히 앞으로 나아가고 있는 배의 전방 왼쪽을 가리켰다.

얕은 수심 물속 바닥에 하얀 물체가 가라앉아 있는 모습이 보였다.

"선란아……."

그것을 보는 순간 주우명은 누이동생 주선란이라는 것을 한눈에 간파했다.

그는 갑자기 온몸에 힘이 빠지고 와들와들 떨렸으며 굵은 눈물이 후드득 떨어졌다.

배가 더 가까이 다가가자 물속에 가라앉아 있는 주선란의 모습이 더욱 선명하게 보였다.

물 속 바닥에 반듯한 자세로 누워 있으며 머리가 옆으로 꺾였고 튀어나온 두 눈에 입을 크게 벌리고 있는 그녀의 모습이 잔잔하게 일렁이는 물결을 통해서 내려다보였다.

좌아—

백호장이 물로 뛰어들어 주선란을 건져서 돌아와 바닥에 조심스럽게 눕혔다.

"선란아… 끄으으……"

주우명은 그녀의 참혹한 시신 앞에 무릎을 꿇고 앉아서 목 메어 오열했다.

자신의 앞에 온기도 없이 차디차게 누워 있는 누이동생의 주검이 도저히 믿어지지 않았다.

이곳까지 오는 동안 밤마다 악몽에 시달렸던 것처럼 지금 역시 악몽을 꾸고 있는 것이리라 여겼다. 이것이 악몽이었으면 좋겠다고 간절히 빌었다.

무정도에게 붙잡혀 있어도 괜찮고, 어떤 형편없는 상황에 처해 있어도 상관이 없으니까 단지 누이동생이 살아만 있다면 좋겠다고 생각했다.

아무도 움직이지 않았고 말도 하지 않았으며 숨소리조차

크게 내지 않고 주우명을 지켜보았다. 모두의 가슴은 태산에 짓눌린 것처럼 답답하고 무거웠다.

스사사아아…….

짙은 안개가 빠르게 걷히고 갑자기 늪에 거센 바람이 불어 와서 갈댓잎을 흔들어 요란한 소리를 낼 때까지 적막은 계속 되었다.

슥…….

한참 만에 주우명은 천천히 손을 뻗어 주선란의 드러난 팔로 향했다.

그리고 그의 손은 미몽(迷夢)과 현실의 경계를 허물고 이윽고 주선란의 팔에 닿았다.

단단하게 경직된 피부와 근육, 싸늘한 촉감이 손끝을 타고 전해졌다.

이것이 악몽일 것이라는 그의 간절한 바람이 산산이 깨어지고 냉엄한 현실이 날카롭게 눈을 떴다.

스슥…….

주우명의 손길이 천천히 주선란의 팔과 몸을 쓰다듬었다. 그녀의 싸늘한 촉감이 그에게 전해지면서 마치 원혼의 구슬픈 말을 전달해 주는 것 같았다.

죽여달라고… 제발 무정도 쾌도비를 죽여서 나의 피맺힌 원한을 풀어달라는 누이동생의 절규가 주우명의 고막을 쟁쟁하게 울렸다.

주우명은 부러져서 꺾인 주선란의 목을 똑바로 하고 나서 상체를 숙여 천천히 온몸으로 그녀를 안았다.

그의 두 눈에 핏발이 곤두서고 악다문 이빨이 마주쳐서 소리를 냈다.

"으으으… 나 주우명이 무정도를 죽이지 못한다면 인간이 아니라 금수다……."

주우명 등이 탄 수십 척의 배가 정지한 상태에서 모여 있는 곳 뒤쪽 갈대숲 너머 멀찍이 떨어진 곳에 한 척의 작은 배가 멈춰 있다.

배의 앞쪽에는 마치 한 마리 고고한 학처럼 청의 유삼을 곱게 입은 흑창사비 용연풍이 우뚝 서서 주우명 등이 있는 곳을 응시하고 있는 모습이다.

주우명 등과의 거리가 삼백여 장에 달하지만 용연풍은 그곳에서 일어나고 있는 일들을 손금을 들여다보듯이 다 보고 또 듣고 있는 중이다.

그리고 방금 주우명의 피를 토하는 듯한 절규를 들었으니까 이제 더 이상 이곳에서 얻을 것은 없다.

혈안이 되어 쾌도비를 찾고 있는 용연풍은 가장 손쉬운 방법을 선택했었다.

쾌도비가 보현공주 주선란을 납치했다는 정보를 입수하고
는 주우명의 행동을 유심히 지켜보고 있었다.

주우명이라면 무슨 방법을 써서라도 쾌도비를 찾아낼 것
이라고 확신했기 때문이다.

그의 예측은 들어맞았으며 결국 그를 이곳까지 친절하게
안내해 주었다.

용연풍은 주선란의 죽음 따위에는 추호도 관심이 없으며
오로지 쾌도비를 잡아서 죽이고 주소옥을 납치하여 자신의
여자로 만드는 것만이 목적이다.

일전에 그는 주소옥을 수중에 넣은 상황에서 방심하고 있
다가 쾌도비의 막강한 오른팔에 당하여 큰 중상을 입은 채 낙
양 천절문으로 옮겨진 일이 있었다.

이후 그의 사부이며 천절문의 태상문주인 천절성군이 극
진히 치료하여 그를 완치시켜 주었다.

그는 회복하는 과정에 새로운 사실을 알게 되었다. 사형인
천절문주가 운남성 곤명 남령왕의 딸 자봉공주 주소옥을 아
내로 맞이하려 한다는 것이다.

자신이 점찍은 소녀가 사형의 부인이 될 사람이라는 사실
때문에 그는 잠시 동안 큰 충격을 받았으나 그는 곧 아무렇지
도 않은 듯 털어버렸다. 뿐만 아니라 병석에 누워 있는 내내
반드시 쾌도비를 죽이고 주소옥을 차지하고 말겠다고 결심을

거듭했었다.

세상 사람은 대부분 타인의 일보다는 자신의 일이 더 중요하다고 생각한다.

더러는 대의명분이나 숭고한 그 무엇을 위해서 자신의 일을 희생하는 사람도 있기는 하다.

하지만 용연풍은 그 무엇보다도 자신이 추구하는 바가 가장 소중하다고 여긴다.

그것을 위해서라면 어떠한 희생을 치러도 좋으며, 천하나 강호, 그리고 다른 모든 것이 어떻게 되든지 상관이 없다고 생각한다.

그러므로 그는 쾌도비를 죽이고 주소옥을 차지하기 위해서는 천절문이나 남령부, 팔신궁, 황궁 따윈 어떻게 되든 알 바가 아니다.

원래 그는 대단한 배경을 지니고 있으며 천절문에는 순전히 사부 천절성군의 제자가 되기 위해서 입문했을 뿐이다. 그러므로 그는 설혹 천절문에서 파문되더라도 눈 하나 까딱하지 않을 위인이다.

'필경 놈은 이 근처 어촌에서 배를 구해서 북상하고 있는 중일 것이다.'

용연풍은 노를 젓고 있는 뱃사공에게 가장 가까운 어촌으로 갈 것을 지시했다.

*　　　*　　　*

그러나 쾌도비는 주우명과 용연풍이 예상했던 것처럼 행동하지는 않았다.

그들이 쉽사리 예상할 수 있는 것을 쾌도비라고 예상하지 못할 리가 없다.

간단하게 말하자면 쾌도비는 걸어서 북쪽으로 향했다. 물 위가 아니라 되도록 땅을 선택했으며, 그러지 못할 상황에서는 얕은 물을 찾아내서 주소옥을 업고 쉬지 않고 걷고 또 달렸다.

주우명은 아직도 한수의 잠강현에 도달하지 못한 상태에서 강과 호수, 늪에서 쾌도비를 찾고 있는 중이다.

그러나 약삭빠른 용연풍은 최초의 몇 군데 어촌을 돌아다니면서 수소문해 본 결과 낯선 사람에게 배를 팔거나 잃어버린 배가 없다는 사실을 확인하고는 마지막 하나의 방법, 즉 쾌도비가 걷거나 달려서 북쪽으로 향했을 것이라고 생각을 바꾸었다.

그러나 용연풍이 서둘러 한수의 잠강현에 도착할 즈음 쾌도비와 주소옥은 그곳에서 북쪽으로 삼백여 리나 먼 대홍산(大洪山)을 넘고 있는 중이었다.

쾌도비는 편한 관도로 가지 않았다. 주선란을 죽였기 때문에 주우명이나 황궁이 예전보다 더욱 혈안이 되어 자신과 주소옥을 찾고 있을 것이라 짐작했다.

그렇지만 그는 주선란을 죽인 것을 후회하지 않았다. 만약 또다시 그런 상황이 벌어지더라도 그는 똑같은 행동을 취할 것이다.

대홍산은 이름처럼 매우 크고 아름다운 산이다. 물론 호북성 서쪽의 사천성과 경계를 이루면서 남북으로 길게 천오백여 리나 뻗어 있는 거대한 대파산(大巴山)하고 비할 바는 아니다. 대파산이 궁궐이라면 대홍산은 자그마한 초옥 정도의 수준이다.

대홍산에서 가장 높은 봉우리는 고작 천 척 남짓이고 그리 험준하지는 않지만, 호북성 동쪽에서 남북으로 사백여 리나 뻗어 있어서 대홍산 북단에 이르면 곧바로 하남성 경내에 들어서게 된다.

"여보, 힘들지 않아?"

부지런히 산길을 달리고 있는 쾌도비의 등에 업힌 주소옥이 소곤거렸다.

그녀의 목소리에는 따스한 다정함과 그에 대한 염려가 짙게 배어 있다.

"아직 견딜 만하오."

적을 대할 때는 염마왕처럼 억세고 살기등등한 쾌도비지만 주소옥에게만은 더없이 부드럽다.

"좀 쉬었다 가자."

주소옥의 말을 한 번도 거스른 적이 없는 쾌도비는 그녀가 말하자 쉴 만한 적당한 장소를 찾으려고 주위를 둘러보는데 갑자기 멀지 않은 곳에서 고함 소리가 들렸다.

"이놈들! 마지막으로 묻겠다!"

강폭이 십오륙 장에 이르는 강가의 백사장에 일단의 무리가 모여 있었다.

바닥에 일렬로 열다섯 명의 사내가 길게 무릎을 꿇고 앉아 있으며, 그들 주위에 도나 창 따위를 쥔 삼십여 명의 사내가 삼엄하게 에워싼 광경이다.

그것을 보면 무릎을 꿇고 있는 사내들이 도와 창을 움켜 쥔 사내들에게 붙잡혔다는 사실을 한눈에 알 수 있다.

무릎을 꿇은 사내들은 평범해 보이는데 반해서 에워싼 사내들은 우락부락 험상궂은 용모이며 옷차림이고 얼굴이 온통 상처투성이다.

강가에는 두 척의 배가 나란히 정박해 있으며 한 척은 길이 오 장 정도의 중간급 크기며 다른 한 척은 그 세 배가 넘는 꽤 큰 규모였다.

"네놈들 소굴이 어디냐?"

무릎을 꿇고 있는 사내들 앞쪽에 우두머리로 보이는 한 명의 우람한 체구의 사내가 고슴도치처럼 쇠침이 숭숭 꽂힌 커다란 철퇴를 어깨에 메고 오락가락하면서 사내들을 굽어보며 마치 동굴 속에서 외치는 듯한 우렁우렁한 목소리로 으르딱딱거렸다.

그러나 무릎을 꿇고 있는 사내들은 몹시 분하고 억울하다는 표정을 지으면서도 아무 말도 하지 않고 철퇴 사내를 쏘아보기만 했다.

척!

"자! 대답을 하지 않는다면 지금부터 한 놈씩 대가리를 까부숴 주겠다!"

오락가락하던 철퇴 사내는 무릎을 꿇고 있는 열다섯 명의 사내 맨 왼쪽 끝에서 걸음을 멈추고 으름장을 놓았다.

슥—

"묻겠다! 네놈들 소굴이 어디냐?"

철퇴 사내는 맨 왼쪽의 사내 머리 위로 묵직하게 철퇴를 들어 올리며 물었다.

곧 철퇴에 머리가 박살 날 위기에 처한 맨 왼쪽의 사내는 공포에 질린 표정으로 몸을 부들부들 떨며 고개를 들어 철퇴 사내를 쳐다보았다.

철퇴 사내는 늦가을의 차가운 날씨에도 어깨에서부터 두 팔이 드러난 짧은 옷을 입었으며, 털이 많이 난 허벅지처럼 굵은 팔로 천천히 철퇴를 치켜들었다.

"흐흐흐… 대답을 하지 않는다 이거지? 그렇다면 네놈이 첫 제물이 돼야겠구나."

"잠깐 기다려라!"

그때 꿇어앉은 십오 명 중에서 복판쯤에 있는 한 사내가 갑자기 소리쳤다.

철퇴를 들어 올렸던 사내 귀웅부(鬼熊夫)는 힐끗 그를 쳐다보았다.

"뭐냐?"

"하나만 약속해 주면 우리 부락의 위치를 알려주겠다."

"약속?"

복판에 꿇어앉은 삼십대 후반의 사내는 강직하면서도 단단한 체구를 지니고 있다.

"우리와 부락의 식솔을 아무도 죽이지 않고 물건만 가져가겠다고 약속해라."

"약속 못 하겠다면?"

대홍산 북쪽과 하남성 남쪽지역에서 번성현(樊城縣) 인근을 통해서 한수로 흘러드는 열다섯 개 이상의 물줄기를 지배

하고 있는 수적 무리 귀풍채(鬼風寨)의 채주인 귀웅부는 재미
있다는 듯 입술 끝을 비틀며 키득거렸다.

꿇어앉은 복판의 사내 금둔(檎屯)은 어금니를 악물고 귀웅
부를 쏘아보았다.

"그렇다면 죽여라. 하지만 네놈이 원하는 것을 얻어내지는
못할 것이다."

귀웅부는 커다란 철퇴를 마치 젓가락 다루듯이 허공에 붕
붕 소리를 내면서 휘둘렀다.

"네놈은 죽어도 말하지 않을 것 같다! 하지만 다른 놈들도
그럴까? 몇 놈 대가리가 박살 나는 것을 보게 되면 묻지 않아
도 앞다투어서 실토할 것이다! 푸하하하!"

금둔의 얼굴이 보기 싫게 일그러졌다. 귀웅부의 말이 맞기
때문이다.

금둔과 그의 일행은 원래부터 수적이 아니었다. 예전에는
배를 타고 다니는 장사꾼이었으나 삼 년 전에 피치 못할 사정
이 생겨서 가족들을 이끌고 깊은 산중에 숨어들었으며, 먹고
살기 위해서 수적질을 할 수밖에 없었다.

"이놈 귀웅부야! 부락에서 약탈만 해가면 될 것이지 어째
서 식솔들까지 죽이려는 것이냐?"

금둔은 피를 토하듯이 외쳤다.

여기에 있는 열다섯 명이 부락의 팔팔한 장정 전부다. 현재

부락에는 아녀자와 노인 사십여 명이 있으며 귀웅부에게 위치를 가르쳐 주면 약탈은 물론이고 부락 전체를 불태우고 키우던 개까지 모조리 죽일 것이 분명하다.

지금껏 귀풍채는 그래왔었다. 그래서 금둔은 가슴이 찢어지는 것이다.

"우헤헤헤! 이놈아 우리 귀풍채가 온정을 베풀었다는 말을 들은 적이 있느냐? 습격하면 풀 한 포기까지 깡그리 없애는 것은 귀풍채의 전통이다!"

"으음… 악독한 놈……."

금둔은 눈에서 불을 뿜을 듯이 귀웅부를 노려보지만 어쩔 도리가 없다.

귀웅부 말처럼 금둔의 동료들 머리를 한 명씩 박살 내다 보면 너무 공포에 질린 나머지 부락의 위치를 말하는 사람이 있을 것이다.

그렇다고 해서 그를 탓할 수는 없다. 금둔 자신도 죽음이 두렵기는 마찬가지이기 때문이다.

아니, 두려움보다는 자신이 죽으면 부락에 남겨진 아내와 자식들이 얼마나 슬퍼할 것이며, 앞으로 어떻게 살아갈 것인지를 생각하면 가슴이 천 갈래 만 갈래 찢어지는 것만 같은 심정이다.

슥—

귀웅부는 잔인한 표정을 지으면서 철퇴를 들어 올렸다.

"자! 마지막 기회다! 가장 먼저 말하는 놈은 살려주겠다! 약속한다!"

금둔은 재빨리 좌우의 동료들을 쳐다보다가 움찔했다. 모두들 귀웅부를 죽일 듯이 노려보기만 할 뿐 아무도 말을 할 기미가 보이지 않았기 때문이다.

'너희들……'

금둔은 가슴이 뭉클해졌다. 그래서 이들과 함께 죽는다면 그것도 작은 행복일 것이라는 생각이 들었다.

"이 자식들이 끝내……"

슉—

귀웅부는 더 기다리지 않고 맨 왼쪽의 사내 머리 위로 철퇴를 쳐들었다.

곧 머리가 박살 나서 죽게 될 맨 왼쪽의 사내는 추호도 겁내지 않고 금둔을 쳐다보며 외쳤다.

"대형과 함께여서 행복했습니다! 우리 내세에도 좋은 친구가 됩시다!"

"막(莫) 아우……"

금둔은 가슴이 뭉클하며 코끝이 시큰해졌다.

부웅—

철퇴가 허공을 가르며 막씨 성의 사내 머리를 향해 무지막

지하게 쏘아 내렸다.

딱!

"우왁!"

금둔과 동료들은 차마 동료가 죽는 것을 볼 수가 없어서 질
끈 눈을 감거나 외면을 했으며, 단말마의 비명 소리가 그들의
귓속으로 파고들었다.

"와앗!"

"뭐야? 어떻게 된 거야?"

그런데 금둔 일행을 에워싼 사내들, 즉 귀풍채 수적들이 갑
자기 불에 덴 듯 악다구니를 지르며 아우성을 치는 바람에 금
둔 등은 급히 막씨 성의 동료를 쳐다보았다.

"아……."

그런데 그들의 눈에 펼쳐진 광경은 전혀 뜻밖이다. 막씨 성
의 동료는 그대로 앉아 있는데 오히려 그 옆에 귀웅부가 머리
가 박살 난 채 피를 흘리며 쓰러져서 몸을 푸득푸득 떨고 있
는 것이 아닌가.

귀웅부 머리 옆에는 피가 흠뻑 묻은 어린아이 주먹 크기의
조약돌이 하나 놓여 있는데 아마 그것으로 옆머리를 맞은 듯
했다.

귀웅부는 온몸을 푸들푸들 떨다가 잠시 후에 조용해지며
숨을 거두었다.

이 일대를 주름잡으면서 선량한 양민들의 공포의 대상이었던 귀웅부의 죽음은 너무도 순식간이었고 또 어이없게 일어났다.

귀풍채 수적 삼십여 명은 살기등등하게 주위를 둘러보면서 암중에서 조약돌을 던진 인물을 찾고 있는데 주변에서는 아무도 보이지 않았다.

"저기닷!"

그때 수적 한 명이 머리 위 절벽 높은 곳을 가리키며 다급하게 소리쳤다.

모두의 시선이 십오륙 장 높이의 절벽 위로 향했으며, 그곳에 태산처럼 우뚝 서 있는 한 청년을 발견했다.

무릎을 꿇고 있는 금둔과 동료들, 그리고 수적들은 청년을 쳐다봤지만 그가 저 먼 거리에서 한낱 조약돌로 귀웅부를 죽였을 것이라는 생각은 들지 않았다.

"아앗!"

"우와아!"

그때 갑자기 수적들이 크게 놀라며 비명을 질렀다. 청년, 즉 쾌도비가 절벽 위에서 훌쩍 몸을 날리더니 꼿꼿하게 선 자세로 하강하고 있었기 때문이다.

모두들 턱 떨어진 개가 태산 바라보는 듯한 넋 빠진 표정을 짓고 있는 가운데 쾌도비는 지상에 가볍게 내려섰다.

척!

무려 십오륙 장 까마득한 높이에서 아무렇지도 않게 훌쩍 뛰어내리다니, 모두들 그가 강호의 일류고수일 것이라고 짐작했다.

사실 쾌도비는 처음에는 이곳에서 벌어지는 광경을 잠시 지켜보다가 참견하지 않고 지나치려고 했었다.

그러나 귀웅부라는 자가 지나치게 포악한 자라는 생각이 들어서, 그리고 무릎을 꿇고 있는 금둔 등이 가련해서 어쩔 수 없이 끼어들었다.

그는 오래 지켜보지 않았어도 귀웅부와 그의 수하들이 금둔 일행을 족쳐서 그들의 부락이 있는 장소를 알아내려 한다는 것과, 부락을 약탈하고 또 죄 없는 사람을 모조리 죽이려 한다는 사실을 알 수 있었다.

예전에 쾌도비는 이런 광경을 비일비재하게 목격했었으나 한 번도 참견을 한 적이 없었다. 자신하고는 상관이 없다고 여겼기 때문이다.

그러나 지금은 그냥 지나칠 수가 없었다. 이유는 잘 모르겠지만 웬일인지 귀풍채 수적들에게 핍박을 당하는 금둔 일행이 쾌도비 자신의 모습처럼 여겨졌다.

팔신궁이나 황궁 등이 귀풍채라면, 금둔 일행은 자기 자신인 것이다.

그래서 욱하는 심정이 들어 조약돌을 던져서 귀웅부를 죽여 버린 것이다.

옛말에 흘러가는 물도 떠주면 은혜라고 했다. 쾌도비가 귀웅부와 귀풍채 놈들로부터 금둔 일행을 구해주는 것은 여반장처럼 쉬운 일이지만, 그로 인해서 금둔 일행과 그의 가족은 멸족의 위기에서 벗어날 수 있다. 쾌도비에게는 손쉬운 일이 수십 명에게는 축복인 것이다.

귀풍채 수적들은 쾌도비가 방금 절벽에서 홀연히 뛰어내린 엄청난 신위(神威)를 보고 그가 귀웅부를 죽였을 것이라고 비로소 생각했다.

그렇지만 감히 그에게 공격해서 복수 따위를 할 생각 같은 것은 꿈에도 하지 못했다.

귀풍채는 녹림에서도 저 밑바닥에 속하는 오합지졸이지만 그들의 눈앞에 천신처럼 서 있는 청년은 강호의 일류고수인 것이다. 그러므로 덤비면 덤비는 족족 모조리 죽을 것은 뻔한 일이다.

"일어나시오."

쾌도비는 금둔과 그의 일행을 둘러보며 조용히 말했다.

금둔 일행이 귀신에 홀린 듯한 얼굴로 부스스 일어나는데도 귀풍채 수적들은 아무도 나서지 못하고 주춤거리면서 눈치만 살폈다.

금둔과 동료들은 그제야 어떻게 된 일인지 짐작을 하고 쾌도비 앞에 모여 허리를 굽히며 머리를 조아렸다.

"은공께서 소인들을 구해주신 것입니까?"

"아아… 이 은혜를 어찌 갚을 수 있겠습니까……."

죽음의 문턱에 한쪽 발을 들여놓았다가 극적으로 살아난 그들은 하나같이 굵은 눈물을 흘리면서 고마워했다.

그때 쾌도비는 귀풍채 수적들이 배가 정박해 있는 강가로 슬금슬금 물러나는 것을 보면서 금둔에게 물었다.

"저자들은 어떤 놈들이오?"

금둔 등은 본격적으로 죽어라고 도망치기 시작하는 귀풍채 수적들을 보면서 원한 가득한 얼굴로 내뱉었다.

"호북성 북부지역과 하남성 남부지역의 열다섯 개 강을 지배하는 수적 귀풍채 놈들입니다."

"악마 같은 놈들입니다! 마을을 약탈만 하는 것이 아니라 불을 지르고 그것으로도 모자라서 부녀자들을 겁탈하고 무차별 죽입니다!"

"저런 놈 한 명을 죽이면 선량한 백성 백 명을 구하는 것이나 같습니다요!"

수적 한 명을 죽이면 선량한 백성 백 명을 구하는 것이나 같다는 말이 쾌도비의 심장에 꽂혔다.

그렇다면 저런 것들은 죽어 마땅하다. 살아 있을 가치가 없다. 살아 있는 자체가 만물에 해악이다.

예전에는 그런 자들을 수없이 보고서도 그냥 무관심하게 지나쳤으나 지금은 아니다.

어쩌면 이런 정의심(正義心)은 주소옥과 함께 다니면서 배웠는지도 모른다.

금둔 등은 귀풍채 수적들이 이미 오륙 장 밖에서 도망치고 있는 광경을 보면서 이젠 틀렸다는 듯 안타까운 표정을 지었다.

후우우…….

그때 그들은 천룡의 나직한 탄식 소리를 들었다. 비쾌법 이초식 고금제일도가 전개되는 음향이다.

곡부득이소(哭不得已笑)
—울어야 할 일에 마지못해서 웃는다

쾌도비와 주소옥이 탄 배는 처음 금둔 일행을 만났던 곳에
서 강을 따라 내려갔다가 쌍구(雙溝)에서 압하(鴨河)라는 강으
로 갈아타고 거슬러 올랐다.

이 근처 삼백여 리 일대에는 열다섯 개의 강이 있으며, 서
쪽과 북쪽, 동쪽에서 흘러내려 모두 서남쪽의 쌍구와 번성현
을 거쳐서 한수로 흘러든다.

그 열다섯 개 강에 세 개의 수적 무리가 있으며 귀풍채는
그중 하나인데 가장 세력이 크고 잔인무도했다.

쾌도비는 금둔 일행을 구해주고 도망치던 귀풍채 수적 삼

십여 명을 모조리 죽인 후에 그 자리를 떠나려고 했었다.

그런데 금둔 일행이 한사코 울면서 붙잡으며 터럭만큼이라도 도움이 되고 싶다고 해서, 쾌도비는 자신들은 낙양까지 가는데 어떤 방법으로 가면 좋으냐고 그저 지나가는 말로 물었을 뿐이었다.

그러자 금둔은 자신들이 쾌도비와 주소옥을 낙양 문전까지 모셔다 드릴 테니 맡겨만 달라고 자신만만하게 제의했다.

그래서 쾌도비와 주소옥은 그들의 배에 탔으며, 그로부터 이틀이 지난 지금 압하로 들어서 강을 거슬러 오르고 있는 중이다.

금둔 일행의 그리 크지 않은 배는 호북성 북부지역과 하남성 남부지역의 얽히고설킨 수많은 강을 종횡무진으로 누비고 다녔다.

그들은 이름도 없을 정도로 작은 수적이다. 또한 그들은 강가의 마을은 일체 약탈하지 않아서 다른 대다수의 수적하고 철저하게 구분이 되었다.

그들의 표적은 장사꾼, 그것도 구주상련(九州商聯)이라는 거상(巨商) 소속의 배만 골라서 턴다.

구주상련에게 골수에 맺힌 원한이 있기 때문이다. 한때 세 척의 큰 상선으로 승승장구하던 그들의 터전을 구주상련이 힘으로 강탈했기 때문에 복수를 하면서 동시에 가족들의 생계도 해결할 수가 있다.

원래 뱃사람이었던 금둔 일행은 천하의 바다와 강, 호수 등 수로에 통달했으며 배를 모는 것이 귀신같다.

그러므로 그들이 쾌도비와 주소옥을 태우고 무수한 강을 누비면서 북상하는 일은 장난이나 마찬가지다.

금둔 일행의 배는 오 장여의 길이에 돛이 세 개나 있어서 매우 빠른 데다가 비상시를 대비하여 노까지 있다.

또한 구주상련의 상선을 약탈한 후 도주를 할 경우에 강의 최상류까지 거침없이 거슬러 오르기 위해서 배의 밑창을 납작하게 제작했기 때문에 수심이 두어 자만 되면 어디든지 못 가는 곳이 없다.

이 배는 갑판의 단층짜리 선실보다는 갑판 아래 선창이 의외로 잘 꾸며져 있으며, 식량이 넉넉해서 쾌도비와 주소옥은 오랜만에 제대로 된 식사를 대접받았다.

금둔 일행은 두 사람을 지나칠 정도로 극진하게 모셨다. 또한 아무것도 묻지 않았으며 필요한 최소한의 내용 이외에는 말을 건네지도 않았다.

그들은 어떻게 해야지만 상대를 편안하게 대접하는 것인지 잘 알고 있는 것 같았다.

이들이 탄 배는 대홍산 북부지역의 당하 상류를 출발하여 나흘이 지나는 동안 여섯 개의 강을 옮긴 후에 마침내 절천강(淅川江)으로 갈아타고 거슬러 올랐다.

금둔의 말에 의하면 절천강 상류의 여러 물줄기 중 하나의 최상류가 낙수(洛水) 상류와 채 십 리도 떨어져 있지 않다는 것이다.

또한 그 근처 강가의 가장 번성한 노씨현(盧氏縣)에 절친한 벗이 있으므로 그에게 배를 빌려 타고 하류로 향하면 된다고 덧붙였다.

섬서성(陝西省) 서쪽 끝에 위치한 화산(華山)에서 발원한 낙수는 하남성을 서에서 동으로 삼백여 리를 흘러 낙양에 이른다.

별다른 일만 일어나지 않으면 앞으로 열흘 이내에 낙양에 도착하게 될 것이라고 금둔이 말했다. 그리고 별다른 일 따윈 일어날 리가 없을 것이라고 덧붙였다.

밤이 되어 배는 방이산(方耳山) 남쪽 기슭을 휘돌아 흐르는 절천강 상류에 정박했다.

배가 갈 수 있는 최상류까지는 앞으로 이십여 리밖에 남지 않았다.

그러나 이곳에서 거기까지는 수심이 얕고 바위와 암초가 많아서 물길에 훤하고 배를 보는데 귀신같은 금둔 일행도 어두운 밤에는 운항할 수가 없다.

그래서 이곳에서 밤을 보내고 날이 밝는 대로 운항을 하기로 하여 내일 정오 무렵에 최상류에 도착할 예정이다.

쾌도비와 주소옥은 선창의 어느 방에서 조금 늦은 저녁 식사를 하고 있는 중이다.

달가닥…….

두 사람은 탁자에 마주 앉아서 조용히 식사를 하는데 젓가락 소리만 들릴 뿐이다.

낙양이 점점 가까워질수록 두 사람 사이에는 대화가 줄어들었다. 이별이 다가오고 있기 때문이다.

쾌도비는 워낙 과묵한 성격이라고 하지만 언제나 종달새처럼 종알거리는 주소옥은 갈수록 수척해지고 또 우울해지기만 했다.

그녀는 식사마저 제대로 하지 않았다. 몇 젓가락 뜨는 둥마는 둥 젓가락을 내려놓기 일쑤다.

그녀는 며칠 사이에 눈에 띄게 야위었다. 통 먹지 않아서 그러는 것도 있지만, 쾌도비와 헤어져야 할 날이 다가오자 속을 끓이기 때문이다.

지금까지 곤명을 출발하여 이곳까지 오는 동안 모든 어려운 일을 다 해결해 준 쾌도비지만, 처음부터 정해져 있는 이 이별만큼은 어떻게 해볼 도리가 없다.

딸깍…….

금둔 일행이 정성껏 만들어준 요리는 입맛을 당기기에 충분한데도 결국 주소옥은 젓가락을 내려놓았다.

쾌도비라고 입맛이 있을 리 없다. 그도 따라서 젓가락을 내려놓고 물끄러미 주소옥을 응시하는데 그의 눈 깊은 곳에 안타까움이 작게 명멸하고 있다.

쾌도비와 주소옥은 갑판으로 올라와 난간을 따라 거닐다가 배의 고물 쪽에 나란히 섰다.

주소옥은 뭇별이 무수히 떠 있는 동북쪽 하늘을 아스라이 바라보며 조그맣게 중얼거렸다.

"저 밤하늘 아래에 낙양이 있겠지?"

쾌도비도 고개를 들어 그녀가 바라보는 밤하늘에 시선을 주었다. 달이 없는 캄캄한 밤하늘처럼 그의 가슴도 이내 새카맣게 변했다.

그는 앞으로 열흘 후에는 주소옥과 헤어져야 한다는 사실을 아직 현실로 받아들이지 못하고 있다.

그녀와의 이별은 단 하나의 피붙이였던 누나의 죽음보다 더 큰 충격과 고통으로 빠르게 엄습했다.

과연 주소옥이 천절문으로 들어가고 난 후에 찾아올 괴로움을 자신이 견뎌낼 수 있을는지 그는 벌써부터 도무지 자신이 없다.

대홍산을 헤매느라 때에 찌들고 너덜너덜해진 옷을 벗고 금둔이 내어준 새 옷을 입은 두 사람은 지금까지와는 또 다른 모습이다.

새 옷이라고는 하지만 일반 백성들이 입는 남자들의 평상복에 갈색 옷이며, 게다가 똑같은 치수라서 체구가 큰 쾌도비에겐 조금 작았고 아담한 체구의 주소옥에겐 어른 옷을 입은 아이처럼 너무 컸다.

주소옥은 두 팔로 쾌도비의 팔을 잡아 가슴에 꼭 끌어안고 그에게 기댄 채 오랫동안 아무 말도 하지 않고 밤하늘만 올려다보았다.

지금으로썬 이렇게 하고 있는 것만이 그녀가 할 수 있는 유일한 일인 것처럼 오랫동안 움직이지도 말도 하지 않았다.

저벅……

그때 두 사람 뒤에서 조심스러운 발걸음 소리가 들렸다. 쾌도비는 그것이 며칠 동안 들어온 금둔의 발걸음 소리라는 것을 알았다.

"저… 은공."

낮고 굵으면서도 공손한 금둔의 조심스러운 목소리에 두 사람은 돌아섰다.

뜻밖에도 금둔의 손에는 쟁반과 그 위에 몇 가지 요리, 그리고 술병과 술잔이 놓여 있었다.

"선상의 요리라 형편없어서 식사도 변변히 하지 않으시고……. 그래서 술이라도 드시라고 준비했는데……."

금둔은 자신들 딴에는 정성껏 만든 요리인데도 워낙 맛이 없어서 쾌도비와 주소옥이 식사를 거의 하지 않는 것이라고 오해를 했다.

"노씨현에 도착하면 좋은 요리를 대접할 테니 아무쪼록 이거라도 요기를 하십시오."

그는 자신들 열다섯 명뿐만이 아니라 부락에 있는 사십여 식솔의 목숨까지 구해준 쾌도비의 하늘같은 은혜를 자신들이 만분의 일조차 갚지 못한다는 생각 때문에 쾌도비와 주소옥하고는 또 다른 고민으로 입맛을 잃고 밤잠조차도 설치고 있다.

아니, 금둔만이 아니라 그의 동료 열네 명 모두 똑같이 괴로워하고 있다.

주소옥은 너무도 선량하고 우직한 금둔을 보면서 초췌한 얼굴에 방그레 미소를 지었다.

"너의 마음씨가 실로 갸륵하구나."

"……."

원래 엉거주춤한 자세로 서 있던 금둔은 주소옥의 말을 듣고 더욱 엉거주춤하면서 얼굴 가득 놀라운 표정을 지었다.

그가 방금 들은 주소옥의 목소리는 그로서는 평생 한 번도 들어본 적이 없는 종류의 것이다.

나지막하면서도 위엄과 존귀함이 서린 목소리이며, 또한 그런 투의 말은 일반 평민들은 사용하지 않는다. '너의 마음씨가 실로 갸륵하구나' 라니, 그런 말투는 어렴풋이 말로만 듣던 황궁의 그것이라는 생각이 들었다.

놀란 얼굴로 주소옥을 바라보는 금둔은 그녀의 절색 아름다운 미모 속에 깃들어 있는 고귀함을 발견하고 필경 그녀가 고관대작이나 황궁 출신일 것이라고 짐작했다.

"여보."

주소옥은 조용히 쾌도비를 부르며 그 부름에 술을 마시겠느냐는 의미를 함축했다.

"그럽시다."

쾌도비는 선선이 고개를 끄떡이고 바닥에 앉으며 금둔에게 말했다.

"형장도 함께 마십시다."

금둔은 무쇠로 만든 한 아름 정도 크기의 화로를 고물로 가져와서 그곳에 불을 피웠다.

그리고 탁자와 의자를 가져와 항아리 옆에 놓고 술과 요리를 차렸다.

그는 쾌도비와 주소옥이 바깥에서 술을 마실 수 있도록 해
놓고는 물러가려고 했는데 쾌도비가 함께 마시자고 한 번 더
그를 붙잡았다.
지금까지 쾌도비와 주소옥은 거의 말이 없는데 금둔이 끼
어서 분위기를 바꿔주기를 기대하는 것이다.

"삼 년 전 겨울이었습니다."
금둔이 돌이켜 생각하고 싶지 않은 기억의 첫 장을 조심스
럽게 펼쳤다.
주소옥이 여전히 아무 말 없이 밤하늘만 바라보고 있는 것
을 보고 쾌도비가 꿔다놓은 보릿자루처럼 좌불안석 앉아 있
는 금둔에게 어쩌다가 수적질을 하게 되었는지를 물었기 때
문이다.
"구주상련의 간악한 모함에 빠져서 우리 동명상선(東明商
船)은 모든 것을 잃었습니다. 아니, 구주상련에 강탈을 당한
것이지요."
쾌도비는 설명을 하는 금둔을 응시하고, 주소옥은 여전히
밤하늘을 고즈넉이 바라보고 있다.
구주상련에 의해서 하루아침에 수입의 근간인 배 세 척과
모든 재산, 살고 있는 집마저도 빼앗긴 동명상선의 열다섯 가
족은 유난히도 추운 겨울의 정월 어느 날 낙양 거리로 내쫓기

고 말았다.

입고 있던 옷만 걸친 상태로 내쫓긴 그들은 운하의 다리 밑에 움막을 치고 살며 낙양 거리에서 비럭질로 연명을 하면서 첫 겨울을 나는 동안 열두 명의 가족을 잃었다.

열두 명 모두 굶주림과 추위 때문에 죽었다. 말로만 들었던 아사(餓死)와 동사(凍死)였다.

북방의 추운 겨울에는 모든 것이 꽁꽁 얼어붙어서 죽은 가족의 시신을 묻을 땅마저도 파지 못하고 모두 화장을 할 수밖에 없었다.

봄이 오기도 전에 그들은 낙양을 떠나기로 했다. 그들을 도와주려고 하는 많은 친구가 있었으나 구주상련이 철저하게 봉쇄를 하는 터에 그마저도 여의치 않았다. 그래서 비정한 거리를 떠나 아무도 모르는 곳에 정착하여 땅이나 파면서 살자고 결심한 것이다.

그들은 남쪽을 향해 걷고 또 걸었다. 강이 나오면 건너고 산이 나오면 넘었다.

장장 반년에 걸친 대장정 동안에 또다시 아홉 명의 가족이 길바닥에서 유명을 달리했다.

지난겨울 낙양에서의 열두 명과 살 곳을 찾아 떠나던 길에서 죽은 아홉 명은 모두 다섯 살 이하의 어린아이거나 노인이었다.

천신만고 끝에 자리를 잡은 곳이 당하의 지류 중 하나인 청심하(淸深河) 상류 깊은 곳에 있는 지금의 부락이었다.

그곳에서 사냥을 하고 약초를 채집하거나 산열매를 따서 주린 배를 채우며 악착같이 살아남았다.

그렇지만 그것만으로는 육십여 명이나 되는 대가족이 입에 풀칠을 하기도 버거웠다.

목구멍이 포도청이라고 결국 금둔을 비롯한 열다섯 명의 가장은 중대한 결심을 했다. 낙양으로 가서 구주상련을 털자는 것이었다.

구주상련은 강호의 방파나 문파에 버금갈 정도로 경계가 삼엄한 곳이라서 그곳을 턴다는 것은 자살행위나 다를 바가 없는 일이다.

그러나 금둔 등은 어차피 이래 죽으나 저래 죽으나 매한가지라 여기고 최후의 방법으로 구주상련을 약탈하는 방법을 선택했다.

그러나 낙양으로 가는 도중에 압하에 정박 중인 구주상련의 상선 한 척을 발견하게 된 것이 요행이었다.

금둔 등은 주변에서 구할 수 있는 몽둥이와 쇠스랑, 낫 따위를 쥐고 한밤중에 구주상련의 상선을 습격했다.

깊은 잠에 빠져 있던 상선의 장사치나 두 명의 호위무사는 변변한 저항조차 못해보고 죽음을 당했으며, 상선에 실려 있던 물건들은 고스란히 금둔 일행의 수중에 들어왔다.

금둔 등은 그날 밤에 구주상련의 상선을 약탈했을 뿐만 아니라 자신들의 운명이 걸린 중대한 결정까지 내렸다.

앞으로는 구주상련의 상선만을 골라서 약탈하는 수적이 되겠다는 결정이었다.

그들은 시체들을 강에 버리고 그 배를 몰고 가족들이 애타게 기다리고 있는 청심하의 부락 동명촌(東明村)으로 개선장군처럼 귀환했다.

"이 배가 첫 약탈로 뺏은 배입니다."

금둔은 부끄러운 듯 긴 설명을 끝마치고는 세 개의 돛과 배의 이곳저곳을 가리켰다.

"집으로 돌아간 후에 배의 여러 곳을 손봐서 어느 배도 따라잡을 수 없는 쾌속선으로 만들었습니다. 게다가 허리까지 오는 수심이라면 이 배는 너끈하게 갈 수 있습니다."

그즈음 주소옥은 밤하늘에서 시선을 거두고 금둔을 바라보고 있었다. 그의 애기가 너무도 가슴 아프고 애잔하기 때문이었다.

"낙양의 겨울을 아십니까?"

금둔은 지금껏 설명을 한 것만으로도 갑자기 십 년은 더 늙어버린 것 같았다.

쾌도비는 고개를 끄떡였다.

"나도 낙양에서 산 적이 있소."

그의 얼굴이 씁쓸해졌다.

"없는 자의 겨울은 더 혹독한 법이오."

그 말을 듣고 금둔은 쾌도비가 어린 시절 낙양에서 살았으며 몹시 가난했었을 것이라고 짐작했다.

"삼 년 전 겨울에는 우리 모두 낙양 거리에서 굶거나 얼어서 죽는 줄 알았습니다."

"그런데 어떻게 살아남을 수 있었지?"

금둔의 말에 주소옥이 처음으로 입을 열었다.

금둔은 빙그레 엷은 미소를 지었다.

"간절함이었습니다."

"간절함?"

"그 혹독한 겨울을 살아서 견딜 수 있도록 간절하게 빌었습니다. 그 간절함이 하늘에 닿았던 것이지요."

주소옥은 아름다운 눈으로 쾌도비를 바라보았다. 그녀의 사슴처럼 커다랗고 까만 눈망울에 어떤 간절한 희원(希願) 같은 것이 떠오른 것을 쾌도비는 보았다.

그러나 과연 이 두 사람이 간절하게 바랄 수 있는 것이 뭐가 있을까.

다음 세상에서는 두 사람이 부부가 되게 해달라는 정도의 희망밖에는 없지 않겠는가.

*   *   *

　끝내 무정도를 찾지 못한 주우명은 결국 팔신궁의 도움으로 호북성 전역의 방파와 문파들을 동원하여 무정도 수색에 나서게 되었다.

　얼마 전까지만 해도 자봉공주를 죽이는 일에 대해서 팔신궁은 스스로를 감추려고 애썼으나 이제는 그 사실을 공공연하게 드러내놓고 행동했다.

　주우명은 그것으로도 모자라서 군사 이십만을 발동하여 호북성 전역에 배치시켜 대대적인 검문을 실시했다.

　그는 시간적으로든 여러 가지 여건 등으로 미루어 무정도가 아직 호북성, 그것도 중부지역을 벗어나지 못했을 것이라고 판단했다.

　그러나 흑창사비 용연풍의 생각은 달랐다. 그는 지금까지 자신이 주우명보다 한 걸음 앞서서 쾌도비를 추격하고 있다고 믿었었다.

　그러나 자신과 주우명의 거듭된 실패를 경험하고는 생각이 크게 바뀌어서 주우명을 이용하고 그의 정보를 참고하는 것을 그만두었다.

　주우명의 행보가 무정도의 행적하고는 지나치게 동떨어졌

으며 그의 정보들은 쓰레기라고 판단했다.

영특하면서도 교활한 용연풍은 무정도가 자신의 생각 밖에서 행동하고 있다는 사실을 깨달았으며, 그래서 고심 끝에 한 가지 단안을 내렸다.

＊　　　＊　　　＊

낙수 상류 노씨현에서 절친한 벗에게 배를 빌린 금둔은 쾌도비와 주소옥을 태우고 하류로 향해 닷새 후 저녁 무렵에 낙양을 코앞에 둔 선양현(宣陽縣)에 이르렀다.

금둔 일행은 낙양을 중심으로 흐르는 황하(黃河)나 낙수, 이수(伊水), 윤수(潤水) 등의 물줄기를 안마당처럼 훤하게 꿰뚫고 있기 때문에 아무리 어두운 밤이라 해도 낙양까지 눈감고서 갈 수가 있다.

하지만 주소옥이 선양현에서 하룻밤 묵자고 해서 그렇게 하기로 했다.

저녁 식사를 하면서 주소옥은 밥을 일체 먹지 않고 계속 술만 마신 탓에 한 시진도 지나지 않아서 몸을 가누지 못할 정도로 많이 취해 버렸다.

쾌도비도 술만 마셔서 꽤 취했으나 주소옥만큼은 아니라

서 그녀를 안아 침상에 눕혀주었다.

"같이 누워."

그녀가 손바닥으로 자신의 옆을 두드렸다.

쾌도비가 옆에 눕자 그녀는 서둘러 그에게 안기면서 입술을 찾으면서 동시에 손은 괴춤으로 미끄러져 들어가 음경을 만졌다.

그동안 수없이 입맞춤을 하고 만진 음경이지만 지금 이 순간 이후 다시는 그럴 수 없다는 사실 때문에 그녀는 필사적으로 그의 혀를 빨고 음경을 만졌다.

쾌도비 역시 같은 심정으로 그녀를 어루만지며 서글픔과 흥분을 동시에 느꼈다.

두 사람의 행위는 애무를 넘어서 어떤 경건한 의식처럼 여겨졌다.

다시는 서로의 몸을 탐닉하지 못할 뿐만 아니라 볼 수도 말을 할 수도 없으며, 지금까지 해왔던 그 어떤 행동들도 하지 못한다는 절박함이 두 사람의 목을 조였다.

그래서 주소옥은 예전에는 행하지 않았던 과감한 행위마저 서슴지 않았으며 쾌도비도 그녀를 뿌리치지 않고 묵묵히 받아들였다.

주소옥은 할 수만 있다면 쾌도비를 보이지 않는 사람으로 만들거나 손톱처럼 작게 만들어서 언제나 자신의 곁에 머물게 하고 싶었다.

그러나 현실에서는 그럴 수 없기에 지금 그녀가 할 수 있는 모든 것을 다 하려는 것이다.

"공주……."

쾌도비는 극도로 흥분하여 두 손으로 그녀의 머리를 움켜잡은 채 거세게 사정을 했다.

주소옥은 마치 그의 모든 것을 다 먹어치울 기세다. 그렇게 해서라도 그를 영원히 간직하고 싶었다.

금둔 일행은 지금 이 배에 한 명도 없다. 험한 세파를 겪으며 쓴맛 단맛 두루 맛본 그들은 눈치가 빨해서 그동안 쾌도비와 주소옥의 행동을 보고 두 사람이 낙양에 도착하면 헤어져야만 한다는 사실을 짐작했다.

그래서 오늘 밤에는 둘만 오붓한 시간을 보내라는 뜻으로 모두 포구의 주루로 몰려갔다.

"여보… 사랑해……."

"공주… 사랑하오……."

두 사람이 뿜어내는 열기로 실내는 점점 뜨거워졌다.

마지막 밤이 그렇게 깊어가고 두 사람의 절망도 함께 깊어가고 있었다.

낙수와 윤수가 합쳐지는 두 물머리에 낙양 포구가 자리를 잡고 있다.

쾌도비와 주소옥이 탄 배는 혹독하기로 유명한 낙양의 겨울이 시작될 무렵 낙양 포구에 당도했다.

낙양 포구는 끝에서 끝까지의 길이가 삼 리에 이를 정도로 길고 또 거대하며 수천 척의 크고 작은 각종 배가 정박한 상태에서 들고 나기 때문에, 쾌도비 일행이 탄 작고 보잘 것 없는 배를 눈여겨보는 사람은 없었다.

쾌도비와 주소옥은 곤명 남령부를 떠난 지 어언 일 년여 만에 마침내 낙양에 도착했다.

그동안 두 사람이 겪었던 파란만장한 일들을 얘기하자면 열흘 밤낮이 모자랄 터이다.

어쨌든 두 사람은 남령부를 살릴 희망의 땅이며 동시에 두 사람이 다시는 예전으로 돌아갈 수 없는 절망의 땅에 도착하고야 말았다.

이른 아침.

탁!

"모두 수고했소."

쾌도비는 무척 고급스러운 비단주머니 하나를 탁자에 내려놓으며 금둔 일행에게 말했다.

"은공! 받을 수 없습니다!"

　모두들 해연히 놀라는데 금둔이 강경하게 외치며 비단주머니를 집어 들었다.

　그는 비단주머니에 필경 돈이 들었으며 쾌도비가 수고비로 내놓았을 것이라고 생각했다.

　그러나 쾌도비는 아무 말도 하지 않고 주소옥을 업은 상태에서 방을 나가 갑판으로 올라갔다.

　그는 챙이 넓은 방갓을 깊숙이 눌러쓰고 있어서 업고 있는 주소옥의 얼굴은 여간해서는 보이지 않았다.

　추격대가 아직 이곳까지는 오지 않았을 것이라고 짐작하지만 세상일이란 모르는 것이라서 만약을 위해 단단히 준비를 한 것이다.

　도파를 천으로 감싼 창룡도를 어깨에 멨으며 비도쾌는 품속에 잘 갈무리했다.

　저벅저벅…….

　이윽고 쾌도비는 배와 포구를 연결한 널빤지 위를 걸어 내려갔다.

　"이곳에서 기다리고 있겠습니다."

　등 뒤에서 금둔 일행이 공손히 허리를 굽혀 인사를 하고, 이어서 금둔의 공손한 목소리가 들렸으나 쾌도비는 뒤돌아보지 않고 걸음을 옮겨 곧 포구의 인파 속에 묻혔다.

배의 선창으로 돌아온 금둔은 문득 탁자에 놓여 있는 비단
주머니를 발견하고는 별 생각 없이 열어보았다.

"이런……."

비단주머니 안에 담긴 것이 반짝이는 금화, 그것도 수십 냥
이라는 사실을 알게 된 그는 아연실색하고 말았다.

그것은 쾌도비가 주선란에게 강도질을 하여 뺏은 것으로
금화가 서른다섯 냥, 은자가 열 냥 있었으나 은자와 금화 두
냥을 쓰고, 자신이 여비로 석 냥을 챙기고는 서른 냥을 금둔
일행에게 전부 준 것이다.

금둔은 마음이 착잡하면서도 고맙기 그지없었다. 쾌도비
가 금화를 주고 간 이유를 짐작할 수 있기 때문이다. 금둔에
게 동명촌의 사정 얘기를 들은 쾌도비는 이렇게라도 그들을
돕고 싶었던 것이다.

은혜를 갚으려 했는데 오히려 또 다른 은혜를 입게 된 금둔
은 오랫동안 그 자리에서 움직이지 못했다.

평일 아침의 낙양성으로 이르는 관도는 수많은 사람의 왕
래로 인산인해를 이루고 있었다.

누가 보더라도 지극히 평범한 모습의 쾌도비는 인파에 섞
여서 묵묵히 관도를 따라 걸어갔다.

어젯밤 뜨거웠던 밤과는 달리 아침에 눈을 뜬 이후 주소옥

은 지금까지 단 한 마디도 하지 않았다.

쾌도비는 그녀가 말을 하지 못하는 이유를 안다. 역시 같은 이유로 그 역시 아무 말도 할 수가 없기 때문이다. 무슨 말로도 지금 두 사람의 심정을 표현할 길이 없다.

그리고 배를 떠나 관도를 걷기 시작할 즈음부터 주소옥은 그의 등에 얼굴을 묻은 채 소리를 죽여 울기 시작했었고 아직까지도 가늘게 몸을 떨면서 울음이 계속되고 있었다.

쾌도비는 지금껏 살아오면서 발걸음이 이토록 무거웠던 적이 없었다.

사랑하는 주소옥을 다른 남자의 품에 안겨주기 위해서 걸어가는 것보다는 차라리 불구덩이를 향해서 걸어가는 편이 나을 것 같았다.

포구를 떠난 지 반 시진 만에 쾌도비와 주소옥은 마침내 낙양성으로 들어섰다.

"이제 조금만 가면 되오."

성문을 지나서 한참을 더 걸은 후에 쾌도비는 조용한 목소리로 일러주었다.

그는 낙양에서 꽤 오래 살았었기 때문에 낙양 제일의 명문가인 천절문이 어디에 있는지 잘 알고 있다.

그는 굳이 말해주지 않아도 되지만 그렇게 해서라도 그녀의 목소리를 듣고 싶었다.

"여보."

이윽고 주소옥이 그의 어깨에 입을 대고 가라앉은 목소리로 말문을 열었다.

"비쾌법 삼 초식 삼라만상비까지 터득한 후에 북경 팔신궁에 찾아가도록 해."

그녀는 이별 이후의 일을 염려하고 있다. 쾌도비가 누나의 원수를 찾으려고 북경 팔신궁으로 갔다가 무슨 일을 당할지 모르니까 그전에 삼라만상비를 완성하라는 것이다.

"꼭 그렇게 해. 알았지?"

"그러겠소."

"그리고 누나의 일을 마무리하고 나서는 나 같은 건 잊고 좋은 여자 만나서 행복하게 살아야 해."

"……."

"알았지?"

"알았소."

쾌도비가 좋은 여자를 만나서 사랑하게 되는 것은 주소옥으로서도 견디기 어려운 일이다.

하지만 그렇게 해야지만 쾌도비가 행복해질 것이라고 믿기에 부탁하는 것이다.

주소옥은 대답을 듣고서도 그가 그러지 않을 것이라는 사실을 잘 알고 있다.

"약속해. 꼭 그럴 거라고."

"꼭 그러겠소."

쾌도비가 대답을 너무 순순하게 하는 것이 주소옥은 영 미덥지 못했다.

반면에 그가 죽을 때까지 자신을 잊지 말기를 바라는 간절한 마음도 있다. 지독한 이율배반이다.

"사실은 말이야… 나는 널 사랑하지 않았어."

주소옥은 어설픈 고백을 했다.

"천절문에 무사히 도착하기 위해서 널 이용했던 거야. 내 머릿속에는 오로지 부모님과 남령부를 살려야겠다는 생각밖에 없었어. 너 따위를 생각할 겨를이 없었다는 거야. 내 말 알아듣겠어?"

쾌도비는 아무 말도 하지 않았다.

"그러니까 지금이라도 정신 차리고 더 이상 헛물켜지 말고 네 살 궁리를 하라는 말이야."

그를 꼭 안고 있는 그녀의 몸이 바들바들 떨리고 등을 축축하게 적시는 눈물이 느껴졌다.

거리를 둘러보고 그는 이제 천절문까지 삼백여 장 거리밖에 남지 않았다는 것을 알았다.

이곳에는 추격대가 없을 것이다. 천절문의 세력권 한복판에서 팔신궁이 천절문주의 부인이 될 여자를 사냥하는 짓은 자살행위나 다름이 없다.

그런데 그때 쾌도비의 걸음이 주춤했다. 십여 장 앞의 거리 한가운데에 우뚝 서 있는 한 사람을 발견했기 때문이다. 많은 사람이 오가고 있지만 유독 멈춰 있는 한 사람이 그의 시야로 쏘아 들어왔다.

'용연풍!'

쾌도비의 눈이 잘못되지 않았다면 이쪽을 보면서 엷은 미소를 짓고 있는 사람은 흑창사비 용연풍이 틀림없었다.

쾌도비는 잠시 머리가 혼란스러웠다. 어떻게 해서 용연풍이 이곳에 있는 것인지, 무엇 때문에 길을 가로막고 서 있는 것인지 알 수가 없었다.

그렇지만 용연풍이 쾌도비에게 용무가 있는 것은 분명했다. 정신 나간 놈이 아니라면 그가 괜히 길 한가운데에 서서 미소를 짓고 있겠는가.

이곳에서 삼백여 장 거리에 천절문이 있는데 대체 뭘 어쩌자는 것인가.

그렇지만 쾌도비는 걸음을 멈추지 않고 천천히 용연풍을 향해 걸어갔다.

第四十五章

순망치한(脣亡齒寒)

—입술을 잃으면 이가 시리다

천절문 천절사전 중 북풍전의 전주인 유룡도 공손우는 온
몸의 피가 마르는 것 같은 충격과 긴장을 느꼈다.

그는 용연풍의 뒤쪽 오 장 거리에서 걷고 있다가 우뚝 걸음
을 멈추었다.

용연풍 너머에서 천천히 걸어오고 있는 한 명의 방갓인을
발견했기 때문이다.

그는 무정도를 한 번도 직접 본 적이 없었다. 그렇지만 방
갓인이 무정도일 것이라고 확신했다.

용연풍하고는 상관이 없다. 그는 용연풍의 목적이 무엇인

지 모르며, 무정도나 자봉공주하고 무슨 관계가 있는지는 더
더욱 모르고 있다.

다만 용연풍이 워낙 호색한이기에 혹시 그가 자봉공주를
탐내는 것이 아닌가 의혹을 품기는 했었다.

하지만 자봉공주는 용연풍의 사형인 천절문주의 부인이
될 여자이므로 그가 설마 무슨 짓을 하지는 않을 것이라고 믿
었다.

'무정도가 분명하다.'

공손우는 자신의 직감을 믿었다. 원래 고수는 고수를 알아
보는 법이다.

지금 마주 걸어오고 있는 방갓인의 전신에서 파도처럼 쏟
아져 나오는 거센 기도는 그가 무정도라는 사실을 대변하고
있는 것이다.

천절문주의 명령으로 공손우는 천절문 북풍전 고수들을
이끌고 악양과 무창지역으로 자봉공주를 마중하러 나갔었으
나 끝내 찾지 못하게 되자 천절문주로부터 철수하여 돌아오
라는 명령을 받았다.

그래서 급히 낙양으로 돌아왔다가 조금 전에 우연히 거리
에서 용연풍을 발견했다.

용연풍은 낙양 성문에서 천절문까지의 이 리 정도 되는 대
로를 계속 오락가락하면서 두리번거리며 누군가를 찾고 있는

듯했다.

뭔가 이상하다고 생각한 공손우는 멀찍이에서 그를 미행하기 시작했고, 그러기를 반 시진 만에 지금의 상황에 직면한 것이다.

공손우는 재빨리 거리에서 벗어나 길가의 어느 주루를 등지고 서서 무정도라고 확신하는 인물을 자세히 살폈다.

순간 그는 무정도가 한 사람을 업고 있으며 체구로 미루어 그 사람이 여자, 즉 자봉공주일 것이라고 판단했다.

그는 즉시 주위에 있는 자신의 심복 수하를 손짓으로 불러 전음으로 명령을 내렸다.

[문주께 자봉공주께서 도착하셨다고 전해라.]

공손우는 과연 용연풍과 무정도 사이에 무슨 일이 벌어지는지 지켜보기로 했다.

용연풍과의 거리가 점점 가까워지는 동안 쾌도비는 한 가지 결정을 내렸다.

'급습한다.'

그는 자신이 비쾌법 일 초식 천지무쌍쾌와 이 초식 고금제일도를 익혔으나 아직 완벽한 수준은 아니라서, 아니, 완벽하게 터득했다고 해도 용연풍의 적수는 되지 못할 것이라고 스스로 평가했다.

그가 겪었던 용연풍은 그만큼 굉장했었다. 단지 손가락을 까딱거리고 아주 작은 동작을 취했을 뿐인데도 그 당시의 쾌도비는 죽음 직전까지 이르렀었다.

나중에야 비로소 주소옥에게 용연풍이 사신육비, 즉 강호육비 중 한 명이라는 얘기를 듣고는 그때부터 마음 한구석에 강호육비에 대한 경외심과 알 수 없는 적대감 같은 것을 품게 되었었다.

쾌도비 자신은 아무리 발버둥을 친다고 해도 강호육비 같은 절정고수는 될 수 없을 것이라고 생각했다.

용연풍을 생각하면, 그래서 그 당시에 자신이 얼마나 처참하게 당했는지를 떠올리면 저절로 몸이 오그라들고 생각이 위축됐었다.

더구나 쾌도비에겐 죽어서도 잊지 못할 뼈아픈 상처의 흔적이 남아 있다.

그 당시에 그는 주소옥을 넘겨주면 목숨을 살려주겠다는 용연풍의 말을 믿고 그녀가 숨겨져 있는 동굴로 그를 안내하는 일생일대의 잘못을 저질렀었다.

결국 용연풍은 약속을 지키지 않고 그를 낭떠러지로 떨어뜨렸었다. 그는 그토록 비열한 자였다.

나중에 쾌도비는 주소옥에게 그 사실을 눈물로써 고백을 했었고 그녀는 아무렇지도 않게 용서를 해주었으나 그는 절대로 자신을 용서할 수가 없었다.

그 당시 용연풍이 동굴에서 주소옥을 안고 나와서 했던 말을 쾌도비는 아직도 생생하게 기억하고 있다.

―실로 우물이로군. 내 생전 이처럼 아름다운 절색미인은 본 적이 없었다.

용연풍이 길을 가로막고 있다는 것은 주소옥을 뺏으려는 목적이 분명하다.

쾌도비에게 안겨주었던 치욕과 절망, 그리고 주소옥을 강탈하려는 것만으로도 용연풍은 죽을 이유가 충분하다.

더구나 천절문 목전에 이르러서 용연풍에게 주소옥을 뺏길 수는 없다.

쾌도비는 오른팔의 공력을 극도로 끌어올린 상태에서 천천히 품속에 손을 넣어 비도쾌를 움켜잡았다.

용연풍은 자신이 형편없이 짓밟았던 경험이 있는 쾌도비를 안중에도 두지 않을 것이라는 계산하에 최대한 자연스럽게 행동했다.

역시 용연풍은 이 장 앞까지 걸어오면서 품속에 오른손을 넣고 있는 쾌도비의 행동을 대수롭지 않게 여겼다. 네까짓 게 별짓을 다 해봐야 꿈틀거리는 벌레지 별것 있겠느냐는 표정이다.

더구나 쾌도비는 창룡도를 어깨에 메고 있기 때문에 품속에서 무기를 꺼내는 것이라고는 생각하지 않을 수도 있다. 아니, 너 같은 놈이 무기를 꺼내봐야 뭘 어떻게 하겠느냐는 생각일 터이다.

"하하하! 과연 내 계산이 맞았다! 너는 모두의 예상을 깨고 벌써 낙양에 도착했구나!"

용연풍이 자신의 정확한 예측과 계산이 맞아떨어진 것에 스스로 기분이 좋아져서 낭랑하게 웃는데도 쾌도비는 걸음을 멈추지 않았다.

"여긴 천절문의 앞마당이다. 죽고 싶지 않으면 비켜라."

오히려 천절문을 빌어서 용연풍을 위협했다. 그 말은 즉 '나는 너를 이길 능력이 없지만 내 뒤에는 든든한 천절문이 있다' 라고 하는 다소 비겁해 보일 수도 있는 계략이다. 용연풍이 계속 방심하기를 원하기 때문이다. 그리고 과연 얕은꾀는 먹혔다.

"하하하하! 천하의 내가 천절문을 두려워할 것이라고 생각하느냐?"

용연풍은 고개를 젖히며 가소롭다는 듯 호탕한 웃음을 터뜨렸다.

순간 쾌도비의 눈이 번쩍 광기를 뿜어내는 것과 동시에 품속에서 비도쾌를 움켜쥔 오른손이 번개같이 빠져나왔다.

용연풍은 이제야말로 쾌도비를 죽이고 주소옥을 수중에 넣을 수 있다는 생각에 너무도 통쾌해서 고개를 젖히고 웃다가 쾌도비의 오른손이 품속에서 빠져나오는 것을 눈 아래로 발견했다.

그리고 그의 손에 쥐어진 거무튀튀한 작은 칼이 자신을 향해 겨눠지는 것을 봤다.

"……!"

공손우는 움찔했다. 설마 무정도가 강호육비의 한 명인 흑창사비 용연풍을 정면에서 급습할 것이라고는 추호도 예상하지 못했었다.

펙!

"큭!"

공손우는 쾌도비가 수중에 움켜쥔 작은 칼을 겨누는 것과 동시에 용연풍의 등에서 핏덩이가 분수처럼 뿜어지는 것을 발견하고 처음에는 착각이라고 여겼다. 용연풍이 무정도에게 당할 리가 없기 때문이다.

공손우는 두 사람의 측면에 서 있기 때문에 무언가 눈에 보이지 않는 기운이 무정도의 작은 칼에서 뿜어져 용연풍의 가슴을 뚫고 들어가 등으로 빠져나오는 것을 똑똑히 목격할 수 있었다.

　그때까지도 그는 이 엄청난 사건을 현실로 받아들이지 못하고 있었다.

　쿵!

　일수유 같은 시간이 흐르고 용연풍이 무너지듯이 무릎을 꿇자 공손우는 비로소 정신이 번쩍 들었다.

　용연풍이 무언가 보이지 않는 기운에 가슴을 관통당한 직후 공손우는 눈을 뜨고 있으면서도 멍한 상태로 아무것도 눈에 들어오지 않았다.

　그가 정신을 차렸을 때 시야에 다시 들어온 것은 용연풍의 다섯 걸음 앞으로 다가온 무정도가 오른손에 쥔 작은 칼을 가볍게 슬쩍 흔드는 모습이었다.

　그렇지만 무릎을 꿇고 있는 용연풍에게는 아무 일도 일어나지 않았다.

　무정도가 걸음을 빨리하여 용연풍을 스쳐 지나가자마자 공손우는 구르듯이 그에게 달려갔다.

　"대공!"

　공손우는 강호육비 중 한 명인 용연풍이 무정도에게 당했다는 사실이 여전히 믿어지지 않아서 그의 앞에 무릎을 꿇고 소리쳐 불렀다.

　한껏 부릅떠진 용연풍의 눈이 깜빡거렸다.

“내가 당한 건가…….”

“괜찮으십니까?”

“…….”

그러나 용연풍은 그 말을 끝으로 아무 말이 없으며 눈도 깜빡이지 않았다.

공손우는 용연풍의 어깨 옆으로 힐끗 무정도를 쳐다보았다. 그는 뒷모습을 보인 채 오 장 밖을 걸어가면서 오른손에 쥐고 있던 작은 칼을 품속에 갈무리하고 있었다. 이곳에서의 말소리를 들었을 텐데도 뒤돌아보지 않고 묵묵히 걸어가기만 했다.

슥…….

“대공.”

공손우는 조심스럽게 두 손을 뻗어 용연풍의 양어깨를 잡았다.

스륵…….

순간 용연풍 목에 가로로 흐릿한 줄이 생기면서 줄 위쪽의 머리가 옆으로 주르르 미끄러졌다.

툭!

그리고는 공손우가 어떻게 해볼 새도 없이 용연풍의 머리가 땅으로 떨어져 떼구르르 굴렀다.

“흐윽!”

공손우는 크게 놀라 뜨거운 물체를 만진 것처럼 급히 두 손을 놓고 움찔 뒤로 물러났다.

그제야 그는 조금 전에 무정도가 용연풍에게 걸어가며 대여섯 걸음 거리에서 오른손의 작은 칼을 가볍게 슬쩍 흔들었던 것이 무형지기로 용연풍의 목을 자른 것이었다는 사실을 깨달았다.

"으으… 이럴 수가……."

강호육비 흑창사비 용연풍이 자신의 문파인 천절문에서 불과 이백여 장 떨어진 낙양대로에서 죽었다.

그것도 단 한 초식 반격조차 하지 못한 채 가슴이 관통당하고 목이 잘려서 죽은 것이다. 대저 이런 사실을 뉘라서 믿을 수 있겠는가.

스스슥…….

공손우 주위로 북풍전 고수 십여 명이 빠르게 모여들었다.

"전주."

근처에 있던 수하들이 무정도가 용연풍을 죽이는 것을 보고 공손우의 명령을 기다리는 것이다.

물론 수하들은 용연풍을 죽인 인물이 무정도라는 사실을 모르고 있는 것이 분명하다.

공손우는 이른 아침 낙양대로에서 벌어진 살인사건 때문에 구경꾼들이 모여드는 것을 보고 나직이 명령했다.

“대공의 시신을 수습하라.”

천절문주에게 이 사실을 보고하는 것이 우선이다.

지금 쾌도비 앞에는 조금 전까지만 해도 그렇게 많던 인파
가 단 한 명도 보이지 않았다.

자신이 용연풍을 단 일 초식의 급습으로 죽였다는 사실 때
문에 너무 긴장하고 흥분한 탓에 잠시 동안 눈을 뜬 채 정신
이 멍해 있었던 것 같았다.

그런데 정신을 차리고 보니까 주위에 사람이 한 명도 없다.
마치 빗자루로 쓸어버린 듯 깨끗했다.

낙양대로는 폭이 십오륙 장에 이를 정도로 매우 넓은데 환
한 아침나절에 사람이 한 명도 보이지 않는 경우를 쾌도비는
지금 처음 겪는다.

그때 쾌도비 전방 거리 왼쪽의 활짝 열린 문에서 한 사람이
천천히 걸어 나오는 모습이 보였다.

그 사람은 백의 유삼을 입었으며 오른쪽 어깨에 한 자루 고
색창연한 검을 멘 삼십대의 인물이다.

백의인 뒤로 십여 명의 고수가 질서 있게 줄지어서 천천히
따라 나왔다.

쾌도비는 걸음을 멈추고 백의 유삼인과 고수들이 나온 곳
을 힐끗 쳐다보았다.

활짝 열려 있는 거대한 전문 위에 걸려 있는 커다란 현판에는 '천절제일문(天絶第一門)'이라는 용비봉무한 필체의 큰 글씨가 적혀 있었다.

쾌도비는 백의 유삼인이 천절문주이며 그가 자봉공주를 몸소 마중하러 나온 것이라고 짐작했다.

이제 보니까 거리에 한 사람도 보이지 않는 것은 천절문이 한 일인 것 같았다.

말하자면 천절문주가 자봉공주를 맞이하는 역사적인 자리를 마련한 것이다.

백의 유삼인과 고수들이 오 장 거리에 멈춰 서 있는 쾌도비를 향해 천천히 돌아섰다.

백의 유삼인은 후리후리한 키와 약간 마른 체구에 준수한 용모여서 강호인이라기보다는 마치 유림(儒林)의 청수한 서생처럼 보였다.

또한 천절문 같은 대문파의 문주다운 기도나 위엄 같은 것도 보이지 않았다.

그런데 쾌도비는 그의 얼굴을 보는 순간 움찔 가볍게 몸을 떨며 눈을 크게 떴다.

'영호승(英豪昇)!'

눈을 깜빡거리면서 다시 살펴보았으나 절대로 잘못 보지 않았다. 그는 영호승이 분명했다.

쾌도비는 여섯 살 때 누나와 함께 북경 변두리에 살고 있었
다. 그때 누나와 처음으로 동거를 하면서 반년 동안 어린 쾌
도비에게 심법 삼절심법을 가르쳐 준 청년이 다름 아닌 영호
승이었다.

그는 누나를 스쳐간 수많은 사내 중에서 쾌도비의 뇌리에
가장 뚜렷이 각인된 두 사람 중 한 명이었으며, 유일하게 자
신의 이름을 가르쳐 준 사람이었다.

여섯 살 어린 쾌도비의 기억에는 영호승이 매우 온화하고
자상한 성품이었으며, 누나를 진심으로 사랑해 주었다고 새
겨져 있었다.

뿐만 아니라 쾌도비에게 무절(武絶), 기절(氣絶), 영절(靈絶)의
삼절심법(三絶心法)을 성심껏 가르쳐 주었었다.

그러나 반년 후에 쾌도비가 난해하기 짝이 없는 삼절심법
을 터득하여 제대로 운공조식을 할 수 있게 되자 누나는 일말
의 미련도 없이 영호승의 등을 떠밀어 자신들의 곁을 떠나게
했었다.

그는 몹시 서운해하면서 떠나지 않으려고 했으나 누나의
고집을 꺾지 못하고 무거운 발걸음을 돌렸었다. 그것이 영호
승에 대한 쾌도비의 마지막 기억으로 남아 있다.

그 당시에 영호승의 나이가 이십칠 세였으니까 지금은 사
십 세가 되었을 것이다.

영호승은 그때 모습이나 지금이나 별반 차이가 없다. 세월이 그만을 비껴간 것 같았다.

그런데 영호승이 천절문주라니 이것은 눈을 의심해야 하거나 뭔가 큰 착오가 있는 것이 분명하다. 영호승이 천절문주일 리가 없다. 그 당시에 그는 그저 무명의 떠돌이 무사였을 뿐이다.

"귀하가 무정도요?"

그때 백의 유삼인 영호승이 온화한 미소를 지으면서 처음으로 말문을 열었다.

겉모습만이 아니라 목소리마저도 그 옛날 영호승의 그것이 분명하다.

저 부드러운 목소리로 그는 누나의 이름과 쾌도비의 본명을 수없이 불렀었다.

그렇지만 영호승은 쾌도비를 전혀 알아보지 못하는 것이 분명했다.

하긴 십삼 년 전 어리고 작은데다 볼품없었던 모습은 지금 쾌도비에겐 하나도 남아 있지 않았다. 오히려 건장한 청년의 모습이며 더구나 챙이 긴 방갓을 썼으므로 알아본다면 기적일 것이다.

쾌도비는 심중의 혼란으로 인해서 말을 하고 싶지 않아서 묵묵히 고개를 끄떡였다.

영호승이 걸음을 옮겨 천천히 다가오며 조금 더 친근한 미소를 지어 보였다.

"수고했소."

그는 단지 그 말뿐이지만 환한 표정으로 자신이 얼마나 고마워하는지를 대변했다.

"그녀와 함께 있소?"

그는 쾌도비의 다섯 걸음 앞에 멈추면서 물었다. 그러면서 쾌도비가 업고 있는 주소옥을 힐끗거리는 따위의 경망스러운 행동을 하지 않았다. 비록 작은 행동이지만 대인배의 면모가 엿보였다.

영호승의 말에 쾌도비는 비로소 업고 있는 주소옥의 존재를 깨닫고 흠칫 놀랐다.

조금 전에 용연풍과 마주치고 또 그를 죽였으며, 흥분이 채 가라앉기도 전에 영호승을 만난 터라서 그동안 주소옥을 잊고 있었다.

그리고 그녀가 몸을 가늘게 떨면서 두 팔로 자신의 가슴을 힘껏 끌어안고 있다는 사실도 깨달았다.

어쨌든 마침내 이별이 목전에 이르고야 말았다. 어떤 준비도 없이 쾌도비와 주소옥은 싸늘한 이별을 맞이했다. 그것은 벌거벗은 채 얼어붙은 호수 위나 열사의 사막에 버려진 것보다 더 지독한 형벌일 것이다.

쾌도비는 갑자기 시간이 정지한 듯한 느낌이 들었다. 그래서 모든 것이 멈추고 다시는 움직일 것 같지 않았다. 그러면서 주소옥과 함께 지냈던 지난 일 년 동안의 무수한 일이 주마등처럼 뇌리를 스쳐 지나갔다. 아마 주소옥이 떠나면 그의 심장이 멈출 것이다. 그녀는 호흡이었다. 숨을 쉬지 못하는데 어찌 살아갈 수 있으랴.

아주 짧은 순간 그는 주소옥을 업은 채 이대로 도망쳐 버릴까 하고 무모한 생각을 했으나 그저 생각으로만 그쳤다.

영호승이 기다리고 있으니 이제는 업고 있는 주소옥을 내려놓아야 할 때다.

여기에서 머뭇거리거나 이상한 행동을 하면 영호승이 의심을 할지도 모른다. 원래 존귀한 자들은 의심이 많은 법이라고 알고 있다.

그녀를 업고 온 것 자체는 호위를 위한 것이라고 생각하면 용서가 될 수 있으나 다른 이상한 행동까지는 곤란하다. 가진 자들의 이해심은 그다지 넓지 않다.

원래는 천절문에 이르기 전에 업고 있는 주소옥을 내리게 해서 자봉공주로서의 위엄을 갖추고 걸어서 천절문에 들어가도록 할 생각이었으나 영호승이 직접 나오는 바람에 계획대로 되지 못했다.

슥…….

쾌도비는 주소옥을 내려놓기 위해서 상의를 벗었다. 그러면서 그는 자신들이 도주를 하는 과정에서 언제나 자연스럽게 했던 이 모습, 즉 그의 옷 안으로 그녀를 업은 행동이 다른 사람들, 특히 영호승에게는 이상하게 보일 수도 있다는 사실을 비로소 깨달았다.

지금 이 순간 그는 주소옥과 헤어져야 한다는 충격에 휩싸이지 않은 매우 냉정한 상태다.

영호승은 미소 짓는 표정이 변하지 않은 채로 쾌도비가 하는 행동을 묵묵히 지켜보고 있었다.

그래서 그의 표정만 본다면 쾌도비가 알몸에 주소옥을 업은 상태에서 그 위에 옷을 입은 것에 대해서 아무렇지도 않게 여기는 듯했다.

상의를 벗은 쾌도비의 건장하고 탄탄한 맨몸 상체가 드러나고 한 쌍의 희고 고운 팔이 그의 가슴을 꼭 끌어안고 있는 모습이 보였다.

쾌도비는 주소옥이 내릴 수 있도록 그 자리에 한쪽 무릎을 꿇고 앉았다.

"쾌도비……."

주소옥이 그의 가슴을 안은 두 팔을 풀고 바닥에 내려서면서 가늘게 떨리는 목소리를 냈다.

[아무 말도 하지 마시오.]

　쾌도비는 그녀를 내려주는 척 고개를 숙이면서 급히 전음을 보냈다.

　[세상을 살다 보면 사람을 선택해야 할 때와 버려야 할 때가 있는데, 지금은 나를 버려야 할 때요.]

　그는 자신을 버리라고 말했다. 지금 그녀가 무슨 말을 한다고 해도 둘 사이에 아무런 도움이 되지 않을뿐더러 오히려 영호승의 의심을 살 수도 있기에 그녀의 행동에 힘을 실어주는 말을 덧붙였다.

　그가 일어나서 다시 상의를 입는 동안 주소옥은 천천히 그의 왼쪽 옆으로 걸어 나와서 영호승을 향해 나란히 섰다.

　그녀의 오른손은 그의 옷자락을 잠시 동안 꼭 잡고 있었으나 이윽고 그것마저 놓았다.

　허름한 갈색의 남자 옷, 그것도 매우 커서 헐렁한 옷을 입고 더벅머리로 자른 머리카락은 쾌도비 등에 업혀 있는 동안 마구 헝클어진 초라하면서도 선머슴 같은 모습이다.

　그렇지만 그런 것들이 그녀의 지닌 바 빛나는 미모를 훼손시키지는 못했다.

　그녀는 다만 그곳에 서 있는 것 자체로 주위를 환하게 밝혀주는 것 같은 존재감을 과시했다.

　그녀의 얼굴을 잠시 뚫어지게 주시하는 영호승의 눈과 입가에 미소가 떠올랐다.

“공주, 강호의 무인 영호승이 인사드리오.”

영호승은 자신의 입으로 영호승이라는 것을 밝히면서 주소옥을 향해 포권을 하며 정중히 허리를 굽혔다.

주소옥은 그를 향해 마주 우아하게 고개를 숙여 보였다.

이어서 쾌도비를 향해 천천히 돌아섰다. 순간적으로 그녀의 눈빛이 폭풍처럼 세차게 흔들렸으나 영호승에게 옆얼굴을 보이고 있기 때문에 발각되지는 않았다.

쾌도비도 그녀를 향해 돌아서서 우뚝 섰다. 그는 눈빛은 물론이고 무표정한 얼굴이 한 점 흐트러짐도 없이 묵묵히 그녀를 굽어보았다. 그런 표정이 주소옥의 갈등을 얼마간 해소시켜 주었다.

“수고했다.”

주소옥은 조용한 목소리로 치하했다. 그것은 쾌도비가 그녀를 처음 만났을 때 들었던 자봉공주의 오만하고 냉랭한 목소리와 많이 닮았다.

쾌도비는 그녀에게 깊이 허리를 굽혔다. 마치 호위무사의 임무를 무사히 끝낸 자의 그런 행동이다.

그리고 그가 허리를 펴기도 전에 그녀는 몸을 돌려 영호승을 향해 걸어갔다.

사랑을 떠나서 남령부를 살리기 위한 임무를 위해서 걸어가고 있는 것이다.

사박사박…….

그녀는 쾌도비가 용연풍을 죽이고 이곳까지 걸어오는 동안 한 가지 방법을 궁리해 냈다.

그것은 쾌도비를 자신의 호위무사로 곁에 머물게 해달라고 영호승에게 부탁하자는 것이다.

쾌도비는 곤명에서 이곳까지 만 리가 넘는 길을 무사히 주소옥을 호위하여 도착했으니까 영호승으로서도 애써 거절할 이유가 없을 것이다.

또한 이별에 대해서 쾌도비는 그녀와 똑같은 심정일 테니 그녀의 제안을 쌍수를 들고 환영할 터이다.

영호승에게 걸어가는 주소옥의 뒷모습을 무표정한 얼굴로 응시하고 있는 쾌도비의 고막을 한줄기 전음이 나직하게 울렸다.

[용연풍은 영호승의 사제다. 호된 꼴을 당하기 전에 즉시 이곳을 떠나라.]

"……!"

방갓 안의 쾌도비의 표정이 흠칫 변했다. 용연풍이 천절문주 영호승의 사제였다니 꿈에도 예상하지 못했던 사실이다.

그렇다면 쾌도비가 비록 자봉공주를 호위하여 무사히 영호승에게 넘겨주었으나 사제를 죽인 죄를 용서해 주기는 쉽지 않을 것이다.

결과가 어떻게 되든지 간에 일이 복잡하게 얽히는 것만은 분명하다.

그런데 도대체 누가 그런 중요한 사실을 전음으로 알려준 것이라는 말인가.

하지만 그 사람을 찾으려고 두리번거릴 수는 없는 상황이다. 또한 그 사람이 일부러 거짓말을 꾸며댔을 리가 없다.

슥―

거기까지 생각이 미친 쾌도비는 마지막으로 주소옥의 뒷모습에 찰나지간 시선을 주었다가 곧 몸을 돌려 빠른 걸음으로 걸어가기 시작했다.

"무정도."

뒤에서 영호승이 부르는 소리를 들었으나 쾌도비는 걸음을 멈추지 않았다. 마치 내 할 일을 끝냈으니까 이젠 떠난다는 느낌을 풍겼다.

"기다리시오! 무정도!"

영호승은 조금 더 큰 목소리로 불렀으나 쾌도비의 걸음은 조금 더 빨라졌다.

쾌도비는 한시바삐 저들의 시야에서 사라져야 한다는 생각밖에 없었다.

영호승은 아직 용연풍의 죽음에 대해서 모르고 있는 것이 분명하다.

알고 있다면 그렇게 온화한 미소를 지으면서 쾌도비와 주소옥을 맞이하진 않았을 것이다.

거리는 완전히 텅 비어 있지 않았다. 천절문을 중심으로 삼십여 장 이내를 깨끗하게 비웠으며, 그 테두리 밖에는 많은 사람이 모여서 천절문 앞에서 벌어지고 있는 광경을 구경하고 있었다.

쾌도비와 사람들 사이의 거리는 오륙 장 정도이고 그의 걸음은 더욱 빨라졌다.

경공술을 전개한다거나 뛰는 것은 영호승의 의심을 살 테니까 자제해야 한다.

"왜 저러는 것이오?"

영호승은 쾌도비에게 시선을 떼지 않은 상태에서 주소옥에게 물었다.

그러나 주소옥은 쾌도비의 갑작스런 행동에 너무 놀라서 영호승의 말을 듣지 못했다.

그녀는 마구 흐트러진 눈빛과 표정으로 쾌도비의 뒷모습을 바라보면서 '여보!' 라고 소리를 지르고 싶은 것은 안간힘을 다해서 참고 있다.

"공주."

영호승이 두 번째로 한 말을 그녀는 비로소 들었고 그 순간 조금 전의 얼굴 표정으로 돌아가 있었다.

"저도 모르겠어요."

걸어가고 있는 쾌도비의 전면 사람들 틈에서 한 명이 불쑥 튀어나와 곧장 마주 걸어왔다.

쾌도비는 흠칫했으나 걸음을 멈추지 않고 그 사람의 얼굴을 뚫어지게 주시했다.

그리고는 마주 오는 자가 어디선가 본 적이 있는 얼굴이라는 사실을 깨달았다.

조금 전 그가 천지무쌍쾌로 용연풍의 가슴을 관통한 직후에 한 차례 재빨리 주위를 돌아보았을 때 거리 가장자리에 주루를 등진 채 서 있던 인물이 분명했다.

단 한 차례 주위를 훑어본 것이지만 그의 기억은 분명했다. 그의 두뇌는 쓸데없는 사람들이 아니라 눈에 띄는 특이한 사람만을 기억한다.

그것에 의하면 지금 정면에서 마주 걸어오고 있는 자는 기억에 남을 만큼 특이한 인물이었다.

이자는 쾌도비가 용연풍을 죽이는 광경을 처음부터 끝까지 생생하게 목격했을 것이다.

그리고 이자는 천절문의 고수가 분명하다. 그렇다면 필경 쾌도비 자신을 가로막거나 어떤 행동을 취할 것이다.

슥……

마주 오는 자가 일 장으로 다가오고 있을 때 쾌도비의 오른손이 품속으로 들어가 비도쾌를 움켜잡았다. 여차하면 마주 오는 자, 즉 공손우를 베고 직후 경공술을 전개하여 도주한다는 계산이다.

공손우는 쾌도비의 오른손이 품속으로 들어가는 것을 발견하고 찰나 온몸이 얼어붙는 공포를 느꼈다.

그는 쾌도비가 저 품속의 작은 칼로 어떻게 용연풍을 죽였는지 똑똑히 보았다.

아니, 워낙 찰나지간에 일어난 일이라서 어떻게 죽였는지는 보지 못했다.

다만 쾌도비가 칼을 꺼냈고 직후 용연풍이 죽었다는 사실만을 보았을 뿐이다.

그런데 쾌도비가 다시 작은 칼을 꺼낸다는 것은 공손우 자신을 죽이겠다는 뜻이기도 하다.

거리는 점점 가까워지고 있다. 지금껏 어떤 적을 만나서도, 그리고 어떤 상황에서도 두려움을 느껴본 적이 없었던 공손우는 지금 이 순간 온몸이 후들거릴 정도로 공포에 질려 있었다.

그래서 그는 자신이 어쩌자고 쾌도비 정면으로 튀어나와 걷기 시작했는지 후회가 밀려들었다.

그러면서 그는 자신이 쾌도비의 적이 아니라는 사실을, 절대로 그를 해칠 마음이 없다는 사실을 그에게 알리기 위해서 온몸의 힘을 빼고 어깨를 늘어뜨리며 얼굴에는 더할 수 없는 굴종의 표정을 떠올렸다.

요미걸련(搖尾乞憐), 개가 꼬리를 흔들면서 사람에게 아양을 떠는 것처럼, 그는 꼬리가 없다 뿐이지 개가 할 수 있는 모든 행동을 온몸으로 표출했다.

쾌도비는 장대한 체구에 용맹한 용모인 공손우가 더할 나위 없이 온순한 눈빛으로 입가에는 잔 떨림을 보이는 엷은 미소까지 지으면서 다가오는 것을 발견했다.

그러나 그는 품속에서 손을 빼지 않은 채 곧장 걸어가서 공손우 곁을 스쳐 지나가 곧 구경꾼 속으로 파고들었다.

쾌도비가 자신의 곁을 스쳐 지났지만 공손우는 온몸의 피가 뒤통수로 몰려서 마치 뒤통수에 커다란 뿔이 돋아나는 듯한 느낌이 들었다. 쾌도비가 뒤에서 공격을 할지도 모른다는 불안감 때문이다.

그래서 그는 자신이 비틀거리면서 걷고 온몸이 식은땀으로 흠뻑 젖었다는 사실조차도 깨닫지 못했다.

영호승은 쾌도비가 가고 그 길로 공손우가 걸어오는 모습을 약간 의아한 표정으로 지켜보고 있었다.

뿐만 아니라 그가 정면으로 보고 있는 공손우는 완전히 공포에 질린 모습이었다. 얼굴뿐만 아니라 몸까지 부들부들 떨어대는 것이 아닌가.

“문주.”

이윽고 영호승 앞에 이른 공손우는 잠깐 사이에 십 년은 늙어버린 듯한 얼굴로 공손히 허리를 굽혔다.

영호승은 공손우를 보고 무슨 중대한 일이 벌어졌음을 감지했다.

“무슨 일이냐?”

“문주, 무정도가…….”

공손우는 말하면서 자신이 왔던 길을 가리키며 쳐다보았다. 앞이 탁 트여 있고 그 너머에 구경꾼들만 있는 광경을 보고는 이상하게 마음이 놓였다.

“무정도가 어쨌다는 것이냐?”

“그가 대공을 죽였습니다.”

“대공이라니?”

공손우가 대공이라고 부를 사람은 용연풍밖에 없다는 사실을 알면서도 영호승은 물었다.

무정도가 제아무리 고강하다고 해도 용연풍을 죽일 수는 없을 것이기 때문이다.

“흑창사비 용연풍 대공말입니다…….”

“무정도가 용 사제를 죽였다는 말이냐?”

대범한 용연풍이지만 공손우의 말을 곧이곧대로 믿을 수가 없었다.

"그렇습니다."

"자세히 설명해 봐라."

영호승의 얼굴이 슬쩍 굳어졌다.

공손우는 이곳에서 이백여 장 떨어진 대로상에서 벌어졌던 일을 상세히 설명했다.

"허어……."

설명을 듣고 난 영호승은 얼굴 가득 어이없다는 듯한 표정을 지었다.

자봉공주를 이곳까지 호위해 온 무정도가 고강하다는 보고는 들었지만 그렇다고 해도 강호육비의 한 명인 용연풍을 일 초식에 죽일 수 있을 정도는 아니라고 여겼었다. 아니, 그런 생각을 해본 적도 없었다.

영호승 역시 강호육비의 한 명이다. 사신육비의 사신의 우두머리는 한결같이 육비이며, 두 명인 경우는 오로지 천절문뿐이다.

영호승 자신은 용연풍보다 고강하다고 생각하지만 그래 봐야 반 수 정도 우위에 있다.

공손우의 설명에 의하면 무정도가 비록 급습을 했다지만 흑창사비 용연풍을 죽였다는 것은 그의 실력이 거의 강호육비와 버금간다는 뜻이다.

"무정도가 내 집 앞에서 내 사제를 죽였다는 것인가?"

영호승의 눈썹이 꿈틀거렸다.

"그 파렴치한이 천절문 사람이었나요?'

그런데 잠자코 듣고만 있던 주소옥이 조용히, 그러나 차갑게 입을 열었다.

영호승은 의아한 얼굴로 그녀를 쳐다보았다.

"공주, 무슨 말씀이시오?"

주소옥은 뱀을 대하듯 차갑게 말했다.

"용연풍이라는 자가 소녀를 겁탈하려고 했어요."

영호승과 공손우는 해연히 놀랐다가 곧 씁쓸한 표정을 지었다. 용연풍이라면 그러고도 남을 위인이기 때문이다. 그러나 설마 사형의 부인이 될 자봉공주에게까지 손을 뻗칠 줄은 예상하지 못했었다.

"무정도는 용연풍이 천절문 사람이라는 사실을 몰랐어요. 그러나 설혹 알았다고 해도 죽였을 거예요."

못을 박듯이 단호한 주소옥의 말에 영호승은 씁쓸한 표정만 지을 뿐 아무 말도 하지 못했다.

第四十六章

오호통재(嗚呼痛哉)

—아아! 슬프고 원통하도다

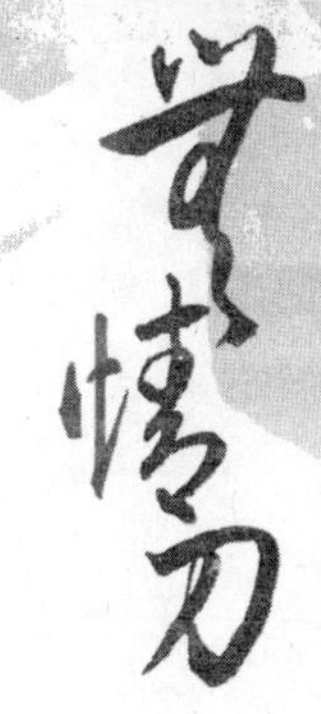

　주소옥과 헤어진 쾌도비는 그 길로 곧장 낙양 포구로 다시 돌아왔다.

　원래는 한동안 낙양에 머물면서 주소옥이 천절문에 잘 적응하는지 지켜보려는 생각이었지만 일이 이상한 방향으로 꼬여서 계획을 접을 수밖에 없었다.

　지금 상황에서는 그가 낙양에 머무는 것은 주소옥에게 해가 될 것이라는 판단을 내려서 떠나기로 마음먹었다.

　그는 낙양 포구로 오는 동안 자신에게 전음을 보내서 위험을 알려준 사람이 다시 전음을 보내거나 나타나기를 기다렸으나 그런 일은 일어나지 않았다.

금둔은 기다리고 있겠다고 한 말을 충실히 지키고 있었다. 그는 마치 쾌도비가 돌아올 것이라는 것을 미리 알고 있었던 것 같았다.

결국 쾌도비는 금둔 일행의 배에 올라탔다. 지금은 무조건 낙양을 떠나는 것이 급선무다. 그러기 위해서는 금둔 일행의 배가 제격이다.

＊　　　＊　　　＊

청심하 상류의 대홍산 자락에 위치한 동명촌.

원래 사람의 발길이 미치지 않는 깊은 산골이지만 금둔 일행에 의해서 마을로 변한 골짜기이다.

동명촌의 가족들은 이곳에 이주한 지 세 번째 겨울을 따뜻하고 배부르게 보내고 있는 중이다.

사흘 전에 돌아온 금둔 일행이 식량과 생활에 필요한 물건들을 배에 가득 싣고 돌아온 덕분이다. 그동안 허기를 비롯한 모든 생필품의 부족으로 어려움을 겪어야 했던 가족들은 모처럼 찾아온 풍족함을 만끽했다. 그것은 모두 쾌도비가 준 돈으로 구입했다.

금둔 일행은 동명촌에 돌아오고 나서 다시 배를 몰고 떠났

다가 소와 돼지, 염소, 닭 등을 암수 다섯 쌍씩 구해 돌아와서
마을 공동으로 키우기로 했다.

앞으로 가축들이 계속해서 새끼를 낳으면 동명촌 사람들
이 육류를 먹을 수 있을 것이고, 또 소와 염소의 젖도 먹을 수
있게 되기를 기대했다.

쾌도비는 금둔의 집에서 묵고 있지만 방이 두 개뿐이라서
쾌도비나 가족들 모두 불편을 겪고 있다.

물론 금둔 가족은 자신들이 한 방에서 지내는 것 때문에 불
편해서가 아니라, 하늘같은 은인인 쾌도비를 너무 누추한 곳
에 모신다는 죄송함 때문에 불편한 것이다.

쾌도비가 동명촌에 온 지 나흘째 되는 날 금둔을 비롯한 동
명촌의 남자들이 한 장소에 모였다.

동명촌에서 볕이 제일 잘 들고 야트막한 언덕 위라서 경치
가 좋은 명당자리다.

그리고 그날 쾌도비는 동명촌을 떠나기로 마음먹었으며
이유는 한 가지다.

자신이 있을 곳이 마땅치 않아서 차라리 대홍산 깊은 곳으
로 들어가 동굴 같은 곳에서 기거하면서 비쾌법 삼 초식 삼라
만상비를 익히려는 생각이다.

거기에는 은인이라는 이유로 동명촌에 불편을 끼치고 싶

지 않다는 마음도 담겨 있었다.

"은공, 어딜 가십니까?"

명당자리 집터에 모여 있던 금둔을 비롯한 사내들이 산을 향해 걸어가고 있는 쾌도비에게 우르르 몰려왔다.

"산으로 들어갈 생각이오."

쾌도비의 말에 모두들 크게 놀랐다. 그리고는 한사코 앞을 가로막으며 애원하듯이 만류하더니 마지막에 금둔이 죄스러운 듯 두 손을 모으고 전전긍긍했다.

"집이 좁아서 불편하시다는 것을 알고 있습니다. 그래서 소인들이 은공의 집을 지어드리려고 합니다."

그는 조금 전까지 자신들이 모여서 이리 재고 저리 재보던 집터를 가리켰다.

쾌도비는 그가 가리킨 곳을 처다보고는 집을 지어놓으면 꽤 근사할 것 같다는 생각이 들었다.

그리고 저기에 집을 지으면 구태여 산으로 들어가지 않아도 될 것 같았다.

"얼마나 걸리겠소?"

"두어 달 정도면 충분합니다."

금둔은 자신 있게 말했으나 쾌도비는 쓸쓸한 표정을 지었다.

"왜 그렇게 오래 걸리는 게요?"

"집을 지을 적당한 나무를 베는 것과 산속에서 이곳으로 운반하는 것이 가장 어렵습니다."

쾌도비는 집을 짓는 것에 대해서는 경험이 없다.

"나무로만 집을 짓는 것이오?"

"나무와 돌, 벽돌이 고루 들어가면 좋지만 이곳에서는 나무밖에 구할 수가 없어서……."

쾌도비는 강가에 지천으로 널려 있는 크고 작은 바위들을 가리켰다.

"저건 뭐요?"

"바위입니다만……."

쾌도비는 바위를 잘라서 집을 짓는 돌로 만들 생각을 하고 있지만 그들은 그런 줄은 꿈에도 모르고 의아한 표정만 지을 뿐이다.

"저걸 잘라서 사용하면 되지 않겠소?"

금둔 등은 난감한 표정을 지었다.

"돌로 기초를 쌓으면 최상이긴 합니다만 저 큰 바위들을 일일이 쪼아서 다듬으려면 몇 년이 걸릴지 모릅니다."

쾌도비는 이들이 무엇 때문에 그러는지 알고 강가로 걸음을 옮겼다.

"가봅시다."

금둔 등은 그가 무얼 하려는지도 모르는 채 의아한 표정으로 줄레줄레 따라갔다.

쾌도비는 수백 개의 바위 한가운데 섰다.

"어느 정도 크기가 필요하오?"

금둔은 설마 그가 바위를 자르려고 하는 것이 아닐까 어렴풋이 짐작하고는 놀라움을 삼키면서 두 손으로 필요한 돌의 크기를 만들어 보였다.

"가로가 이 정도에 세로는 이 정도쯤……."

"어떤 바위로 하는 게 좋겠소?"

"집 짓는 데에는 화강암이 최고입니다만……."

스응…….

쾌도비는 천천히 주위를 두리번거리다가 자신의 키 높이 정도에 가로로 길쭉한 화강암 바위를 발견하고 그 앞에 서서 어깨의 창룡도를 뽑았다.

금둔 등은 비로소 쾌도비가 무엇을 하려는 것인지 정확하게 알게 되었다. 도로 바위를 자르려는 것이다.

하지만 이들은 사람이 한낱 쇠붙이인 도로 바위를 잘랐다는 말은 들어보거나 상상해 본 적도 없었다.

바위를 자르는 데에는 구태여 초식을 전개할 필요도 없다. 더구나 창룡도는 금석을 무처럼 자르는 보도이므로 쾌도비는 오른팔의 공력을 주입하는 것으로 충분할 것이라고 생각했다.

쉬잉—

창룡도가 세로로 허공을 갈랐다.

승—

그리고는 쾌도비 키 높이에 가로 이 장여에 이르는 커다란 화강암 바위의 복판을 스치듯 쪼갰다.

"……."

금둔 등은 눈도 깜빡이지 않고 그 광경을 지켜보았다. 그런데 쾌도비의 창룡도가 분명히 한가운데를 갈랐는데도 바위는 아무런 변화가 없다.

쩡…….

그때 마치 한겨울의 얼어붙은 호수가 깨어지는 소리가 흐르더니 바위 한복판이 양쪽으로 쩍 갈라졌다.

"아아……."

"맙소사… 어떻게 이런 일이……."

금둔 등은 소스라치게 놀라 눈을 의심했다. 칼로 거대한 화강암 바위를 절단하다니 현실에서는 도저히 일어날 수 없는 일이다.

쾌도비는 바위를 잠시 쳐다보다가 창룡도를 꽂고 바짝 다가서서 두 손으로 바위의 한쪽을 움켜잡았다.

우직…….

이어서 슬쩍 힘을 주자 그의 몸보다 이십 배는 더 큼직한 커다란 바위가 가볍게 번쩍 들렸다.

금둔 등은 혼비백산한 얼굴로 쳐다볼 뿐 아무 말도 하지 못했다.

쾌도비는 마치 봇짐 하나를 든 것처럼 가뿐하게 걸음을 옮겨 집터로 향했다.

강가에서 바위를 잘게 자르면 그것들을 집터까지 옮기는 것이 번거로울 것 같아서 아예 집터로 바위를 옮겨놓고 자르려는 것이다.

스승… 승… 승…….

쾌도비는 좌우로 걸음을 옮기면서 정확하게 가로와 세로로 창룡도를 그어 내렸다.

그럴 때마다 바위는 자로 잰 듯이 정확한 두께로 매끄럽게 잘라졌다.

그렇게 반 시진이 지난 후에는 금둔이 알려준 집을 지을 적당한 크기의 사각 돌이 땅에 수백 개나 널려 있었다.

금둔 등이 어쩔 바를 모른 채 놀라고 있는 동안 쾌도비는 강가에 가서 나머지 절반의 바위를 들고 와 그것도 적당한 크기로 다 자르고 나서 금둔에게 말했다.

"이제 나무를 가지러 갑시다."

그가 금둔과 사내들을 이끌고 산으로 가려고 할 즈음 동명

촌의 모든 사람이 다 모여서 이 놀라운 광경을 구경하고 있었
다.

쾌도비는 해가 지기 전에 산에서 집을 짓기 적당한 나무 백
여 그루를 잘라서 집터에 옮겨놓았다.

아름드리나무를 삼십여 그루씩 밧줄로 단단히 묶어서 한
꺼번에 마을로 끌고 오는 바람에 나무를 자른 곳에서 마을까
지 새로운 길이 뚫렸다.

그다음에는 금둔이 요구하는 대로 나무를 적당한 크기로
뎅겅뎅겅 잘라주었다.

쾌도비는 그런 일을 하는 동안만큼은 주소옥에 대한 생각
이나 걱정을 하지 않는다는 사실을 깨달았다.

"집을 지을 모든 재료가 준비되었으니까 넉넉잡아서 보름
이면 완성될 것입니다."

금둔이 집을 짓는 재주가 있는 동료와 상의를 하고 나서 쾌
도비에게 활기차게 말했다.

"이곳 사람들은 고기 요리를 좋아하지 않소?"

쾌도비가 뜬금없이 물었다. 이곳에서 지내는 사흘 동안 식
사 때 한 번도 고기 요리가 올라오지 않는 것이 이상해서 묻
는 것이다.

"가장 가까운 포구에서 이곳까지 오는 데 이틀이 걸립니

다. 육류는 이틀이면 모두 상하고 맙니다."

그런 이유 때문에 산간오지에 사는 이곳 사람들은 고기 요리를 먹지 못하는 것이었다.

말하자면 동명촌 사람들이 고기를 먹으려면 자급자족을 할 수밖에 없다는 뜻이다.

"소인들이 지금 당장 돼지나 소를 잡겠습니다. 저녁 식사 때는 은공께서 고기 요리를 드실 수 있을 겁니다."

금둔과 동료들은 쾌도비에게 고기 요리를 대접하지 못한 것이 큰 죄인 양 허리를 굽실거렸다.

그들이 잡으려고 하는 가축은 쾌도비가 준 돈으로 며칠 전에 구해온 것들이며 길러서 젖을 짜고 새끼를 치려는 목적이라고 알고 있다. 그런데 그것들을 잡으면 이들의 꿈이 사라지는 것이다.

쾌도비는 잠시 생각하더니 아무 말도 하지 않고 걸음을 옮겨 산으로 향했다.

"은공, 어디 가십니까?"

뒤에서 금둔과 동료들이 놀라서 급히 물었으나 쾌도비는 대답하지 않고 산속으로 들어가 버렸다.

그는 캄캄한 산속을 일각 동안 이리저리 쏘다녔다. 동명촌 사람들에게 고기를 먹이기 위해서 적당한 사냥감을 찾으려는 것이다.

집을 지을 재료를 얻기 위해 바위와 나무를 자르면서 그는 스스로를 바쁘게 만들어야지만 주소옥이 생각나지 않는다는 사실을 깨달았다.

그래서 이제부터는 무슨 일이든지 닥치는 대로 해서 자신을 정신없이 바쁘게 만들 생각이다.

주소옥이나 며칠 전 낙양 거리에서 있었던 몇 가지 사건에 대한 걱정과 잡념을 없애려면 지금은 그게 가장 좋은 방법일 것 같았다.

그렇게 얼마간의 시간이 흐르면 주소옥에 대한 일은 전부 다 잊히지는 않더라도 지금보다는 고통이 덜할 것이라고 생각했다.

그럼 그때쯤 삼라만상비를 연마하든지 앞날에 대해서 생각해 보기로 했다.

지금은 어수선하고 복잡한 심정을 가라앉혀 줄 바쁜 일거리들이 필요했다. 찾아보면 동명촌에는 그가 해줄 일이 많을 것이다.

산속으로 말없이 사라졌던 쾌도비는 한 시진 만에 다시 동명촌으로 돌아왔다.

그가 산으로 들어갔던 오솔길 입구에는 금둔과 동료들은

물론 모든 마을 사람이 모여서 초조한 표정으로 그를 기다리고 있었다.

그들은 쾌도비가 훌쩍 떠나 버린 것이라고 생각하여 낙담을 했으나, 어쩌면 다시 돌아올지도 모른다는 한 가닥 희망을 갖고 그때부터 지금까지 내내 기다리면서 걱정을 하고 있었던 것이다.

"은공!"

"돌아오셨군요!"

"은공께서 돌아오셨다!"

금둔과 마을 사람들은 돌아온 쾌도비를 보고 눈물을 흘리면서 기쁨의 환성을 터뜨렸다.

그리고 쾌도비가 한 마리 커다란 암사슴을 메고 있는 것을 보고는 그가 모두에게 고기 요리를 먹이고 싶어서 사냥을 갔었다는 사실을 비로소 깨달았다.

화르르… 타닥탁!

마을 한가운데 커다란 모닥불이 피워졌으며, 그곳에 사슴이 통째로 구워지고 있고, 주위에는 쾌도비를 비롯한 마을 사람 모두가 모여 있다.

지글지글…….

잘 익은 사슴구이에서 기름이 뚝뚝 떨어졌으며 모두들 군

침을 흘리면서 지켜보고 있다.

이윽고 금둔과 동료들이 칼을 갖고 달려들어 사슴구이에서 가장 맛있는 부위를 잘라내서 접시에 담아 제일 먼저 쾌도비에게 바쳤다.

그러나 쾌도비는 접시를 받아 무리 중에서 가장 연장자에게 양보했다.

아무것도 아닌 것 같은 그런 작은 행동으로도 마을 사람들은 쾌도비의 사람됨을 충분히 알 수 있었다.

사슴고기가 고루 분배되고 모두들 맛있게 먹기 시작했다. 참으로 오랜만에 먹는 고기라서 다들 감개무량한 표정을 감추지 못했다.

동명촌의 사실상 촌장인 금둔이 담가두었던 술을 내오게 하여 술판이 벌어졌다.

암사슴은 맛이 좋은데다 큼직해서 동명촌의 모든 사람이 배불리 먹고도 남을 정도다.

금둔을 비롯한 동명촌 사람들의 칭송이 줄을 잇는 가운데 쾌도비는 묵묵히 술만 마셨다.

그러면서 그는 술이 걱정거리를 달래주는 새로운 위안거리가 된다는 사실을 깨달았다. 그래서 앞으로 낮에는 열심히 일거리를 찾아서 몸을 바쁘게 하고, 밤에는 술로써 위로를 삼자는 생각을 했다.

모닥불의 빨갛게 타오르는 불꽃을 보면서 그는 지난 일 년 여 동안 자신에게 매우 큰 변화가 생겼다는 사실을 새삼스럽게 느꼈다.

죽을 고비를 수없이 넘겼었던 일은 차치하고서라도 주소옥을 만나 깊은 사랑을 한 것과 그녀에게 비쾌법 삼 초식을 배운 일은 쾌도비의 운명 전체를 바꿔놓았다.

그녀를 처음 만났을 때 그는 강호의 이류에 불과한 탈명도였으나 지금은 만인의 입에 오르내리며 강호를 위진시키는 무정도가 되어 있다.

뿐만 아니라 그 자신의 성격이나 사고방식 같은 것들이 많이 바뀌었다.

예전에는 서툰 망아지 같았었다면 지금은 훌륭한 준마가 되었다. 물론 그런 성장에는 주소옥이 큰 몫을 해주었다.

"후우……."

아무래도 술을 마셔서 주소옥을 잊으려는 시도는 틀려 버린 것 같다.

처음 몇 잔을 마셨을 때에는 이런 식으로 계속 술을 마시면 취해 있는 동안에는 주소옥을 잊을 수 있을 것 같았는데 어찌된 일인지 취하면 취할수록 그녀 생각이 점점 더 깊어지기만 했다.

그래서 모닥불의 불꽃을 바라보든가 혹은 밤하늘을 응시

하다가 저도 모르게 긴 한숨이 흘러나왔다.

　금둔과 동료들은 안타까운 표정으로 그런 쾌도비를 지켜볼 뿐 어떤 위로의 말도 하지 못했다.

　쾌도비가 무엇 때문에 저토록 상심하는 것인지 정확한 이유는 모르지만 주소옥과 헤어진 것 때문일 것이라고 막연히 짐작하기 때문이다.

＊　　　＊　　　＊

　일 년여 전에 무남독녀 주소옥을 낙양으로 떠나보낼 때까지만 해도 남령왕 주휘광은 당당한 체구와 용맹스런 용모로 매우 풍채가 좋았었다.

　하지만 일 년여가 지난 지금 그는 불과 오십삼 세의 나이인데도 칠순 노인처럼 폭삭 늙은 모습이 되어버렸다.

　그런 모습을 보면 그가 지난 일 년여 동안 얼마나 노심초사하며 속을 끓였는지 잘 알 수 있다.

　주소옥이 곤명을 출발하고 나서 얼마 지나지 않아 남령왕에게 속속 전해지는 소식들은 하나같이 그의 가슴을 새카맣게 태우고 조마조마하게 만드는 것 일색이었다.

　한때 주소옥이 호위무사 한 명만을 대동한 채 단둘이 산중에서 실종됐다는 보고를 받고서는 병을 얻어 자리에 눕고 말았었다.

그리고 두 달여 전에 주소옥과 호위무사가 마침내 악양 인근에 모습을 드러냈다는 소문을 듣고는 그 즉시 자리를 털고 벌떡 일어났었다.

그러나 중천왕자와 보현공주, 그리고 팔신궁이 아예 드러내놓고 주소옥과 호위무사, 즉 무정도를 추격하고 있다는 보고에 또다시 애간장이 타들어갔다.

남령왕은 주소옥이 암살당할 뻔 했다는 첫 번째 소식을 들은 직후부터 그가 할 수 있는 조치를 다 취했었다.

하지만 주소옥을 죽이려고 하는 세력이 워낙 크고 막강해서 그의 조치는 그저 침몰하고 있는 배의 물을 숟가락으로 퍼내는 것에 불과했었다.

남령부의 왕궁고수들과 군사를 거의 대부분 주소옥에게 보냈으나 아무런 도움이 되지 못한다는 보고만을 들었을 뿐이다.

그리고 주소옥을 도우라고 보냈던 남령부 왕궁총대장 구양웅에게마저도 주소옥과 며칠 동안 함께 지내면서 자신들이 그녀에게 짐이 된다는 사실만 뼈저리게 느꼈을 뿐이라는 말을 전해 듣고 나서는, 남령왕은 오로지 그녀와 함께 있는 호위무사 무정도에게 모든 것을 맡길 수밖에 없었다.

"후우……."

늦은 밤. 남령부 깊은 곳 남령왕의 거처에서 깊은 시름에
젖은 한숨이 흘러나왔다.

창가의 탁자에는 남령왕과 부인 단사연이 마주 앉아 있으
며, 남령왕은 술잔을 든 채 마실 생각은 하지 않고 열어놓은
창으로 밤하늘을 내다보면서 연신 한숨만 내쉬고 있다.

주소옥과 무정도가 악양에 다시 나타났으며 엄청난 추격
대가 두 사람을 쫓고 있다는 소식을 들은 후로는 두 사람의
종적이 묘연하다는 보고만 들어오고 있기 때문이다.

남령왕 뿐만 아니라 맞은편에 앉아 있는 부인 단사연도 몰
라볼 정도로 수척한 모습이다.

"구양 대장."

"말씀하십시오, 전하."

남령왕이 여전히 밤하늘에서 시선을 거두지 않은 채 입을
열자 탁자 옆쪽에 시립해 있는 구양웅이 공손히 허리를 굽혔
다.

"옥아에게 무슨 일이 생긴 것은 아니겠지?"

그는 구양웅에게 이미 수십 번도 더 똑같은 물음을 했었다.

"네가 보고 겪은 대로 솔직하게 말해다오."

"무정도는 속하가 알고 있는 사람 중에서 가장 의지가 굳
건하고 경험이 풍부한 사람입니다. 그라면 무슨 일이 있어도

공주님을 천절문까지 모시고 갈 것입니다.”

늘 하는 질문에 늘 듣는 대답이지만 그 말이라도 들으니까
남령왕 부부는 조금 위안이 되는 듯했다.

그런데 문득 단사연이 구양웅에게 물었다.

“남녀가 그렇게 오랫동안 함께 있었으면서 무슨 일이 생기
지 않았을까?”

두 사람 사이에 애정이 싹트지 않았을까 묻는 것이다.

“속하가 아는 한 무정도는 절대 그럴 사내가 아닙니다.”

“그래?”

남령왕은 구양웅에게 주소옥과 함께 있는 호위무사 무정
도에 대해서 이미 자세히 들었기 때문에 매우 큰 호감을 갖고
있다.

어찌 호감뿐이겠는가. 주소옥이 무사히 천절문에 도착한
다면 무정도야말로 남령부를 구한 은인이다.

설혹 불행히 천절문에 도착하지 못한다고 해도 그동안 무
정도가 보여준 불굴의 의지와 주소옥에 대한 헌신은 무엇 하
고도 비길 데가 없을 정도다.

“무정도는 그렇다 치고… 그럼 옥아는 어떤가? 그 사내를
좋아하는 것 같지는 않던가?”

단사연이 또다시 의미심장한 물음을 던졌다.

남령왕은 구양웅에게 이런 것을 물은 적이 없었다. 남자들

은 그런 것에 둔하고 관심이 별로 없기 때문이다.

단사연은 자애로운 눈빛으로 바라보고 있지만 구양웅은 그녀가 얼마나 예리한 안목과 비상한 정신을 지니고 있는지 잘 알고 있다.

"공주님께선……."

"솔직히 말하게."

우직한 구양웅이 조금 당황하는 듯하자 단사연은 고삐를 바싹 잡아당겼다.

"속하가 보기에는 공주님께서 무정도를 좋아하시는 것 같았습니다."

"그런가?"

남령왕과 단사연은 구양웅이 거짓말을 못한다는 것을 잘 안다. 그는 자신이 본 바를 그대로 말하는 것이다.

"그 사내도 옥아를 좋아하는가?"

"그것은… 모르겠습니다."

"어째서 그런가?"

단사연이 물어보고 나서 말끄러미 주시하는 바람에 구양웅은 적잖이 당황했다. 그는 거짓말을 못할 뿐만 아니라 숫기도 없다.

"그는 단지 자신의 할 일만 할 뿐입니다."

"할 일? 옥아를 호위하는 것 말인가?"

“그… 렇습니다.”

자비롭고 이해심 많지만 자존심이 강한 단사연은 주소옥만 무정도를 좋아하고 그는 그녀에게 관심이 없다는 사실에 약간 기분이 상했다.

“옥아는 그 사내를 좋아하는데 그 사내는 옥아를 좋아하지 않는다는 말인가?”

구양웅은 진땀을 흘리면서도 거짓말을 아뢸 수는 없다.

“그… 런 것 같습니다.”

구양웅은 거짓말을 못하고 숫기가 없을 뿐만 아니라 적당히 둘러대는 것도 할 줄 모른다.

“어떻게 그럴 수가… 천하제일미녀인 옥아를…….”

단사연은 지금 다들 무엇 때문에 고민하고 있는지 본질을 잊고 낙담에 빠졌다.

그녀는 주소옥이 천하에서 가장 아름다운 미녀라고 자부하고 있으므로 어떤 사내라도 그녀를 무시할 수 없다는 생각을 하고 있다.

“부인.”

남령왕이 단사연을 일깨워 주었다.

“무정도는 옥아의 호위무사이지 남편감이 아니오. 그런데 무정도가 옥아를 좋아하게 되어 본연의 임무를 그르치면 어떻게 하겠소?”

“그렇… 죠?”

“옥아의 남편감은 천절문주요.”

단사연은 비로소 흥분을 가라앉혔다.

“그렇군요.”

남령왕은 다시 창밖 밤하늘로 시선을 주었다.

“우린 무정도가 옥아를 무사히 천절문에 데려다주기를 간절히 기원합시다.”

다시 원래의 무거운 주제로 돌아갔다.

구우…….

그때 창밖의 밤하늘 높은 곳에서 부엉이가 우는 것 같은 소리가 흘렀다.

구우우…….

그리고 그 소리는 점점 가까워졌고 남령왕의 얼굴에 화색이 돌았다.

“구양 대장! 저 소리는 신붕(神鵬)이 아니냐?”

구양웅은 반색을 하며 즉시 창으로 달려갔다.

“그렇습니다. 낙양에서 소식이 온 것 같습니다.”

신붕은 운남성 남쪽 지방 묘강(苗疆)에서만 서식하는 새이며 하루에 수천 리를 날고 강철 같은 부리와 발톱으로 호랑이나 곰을 단번에 쪼거나 움켜쥐어서 죽일 정도이며, 사람보다 뛰어난 지능을 지니고 있다고 전해지는 중원에서는 전설로만 알려진 새다.

구양웅은 커다란 창 양쪽을 다 활짝 열고 밤하늘을 올려다보았다.

"들어오너라."

푸드득…….

그 순간 하나의 시커먼 물체가 창을 통해서 실내로 쏜살같이 날아들었다.

실내의 창 맞은편에는 바닥에서 다섯 자 높이의 굵은 횟대가 세워져 있으며, 어느새 그곳에 한 마리 새가 날개를 접고 차분하게 앉아 있었다.

다 성장한 독수리의 두 배쯤 되는 커다란 체구에 피처럼 붉은 날카로운 부리를 지녔으며, 동그랗게 뜨고 있는 두 눈은 마치 이글거리는 불길 같았고, 횟대를 움켜잡고 있는 발톱 역시 새빨간 색이다. 온몸이 검은데 두 눈과 부리, 발톱만 붉었다.

또한 머리에 투구처럼 생긴 돌기가 있으며 꼬리가 바닥에 닿을 정도로 매우 길었다.

"하하하! 철황(鐵凰)이 돌아왔구나!"

꾸우우…….

남령왕이 껄껄 웃으며 다가가서 머리를 쓰다듬자 신붕 철황의 형형한 눈빛이 사라지고 대신 온순한 눈빛으로 변하며 부리를 남령왕의 어깨에 비볐다.

남령왕의 부인 단사연의 선조들은 과거 대리국의 국왕이었으며, 대리국은 운남성과 귀주성, 광동성, 광서성, 해남도를 비롯한 서남지역에 지금 대명제국의 두 배에 달하는 광대한 영토를 지배했었다.

그 영토 안에는 수백 개의 잘 알려지지 않은 소수민족이 살고 있었는데, 그들 중에서 묘족(苗族)이 가장 큰 세력과 힘을 보유하고 있었다.

당시 그 소수민족들은 대리국에 충성을 맹세했었으며 그것은 지금까지도 이어지고 있다.

묘강인들은 묘강에서만 서식하는 몇 종류의 특이한 영물을 마음대로 다룰 수 있는데 신붕은 그중 하나다.

묘강인들이 대리국에 복속하면서 묘강의 모든 것은 대리국의 소유가 되었다.

단사연은 묘강 족장을 비롯한 뛰어난 재주와 능력을 지닌 묘강인들을 수하로 두고 있으며, 그들 중에 신붕을 능수능란하게 다루는 사람도 있다.

지금 날아든 신붕은 그중 한 마리이고 '철황' 이라고 불리며 주소옥이 천절문에 도착하는지 알아보기 위해서 낙양으로 간 묘강인들이 데리고 갔었다.

그러니까 철황이 이곳에 왔다는 것은 낙양의 소식을 갖고

왔다는 뜻이다.

구양웅이 즉시 철황의 발목에 부착된 원통 안에서 돌돌 말린 서찰을 꺼내 공손히 남령왕에게 바쳤다.

단사연과 구양웅이 초조한 표정으로 지켜보는 가운데 남령왕은 그보다 더 긴장된 표정으로 서찰을 읽었다.

그리고 그의 표정이 점점 밝아지더니 나중에는 두 손을 번쩍 들면서 기쁨의 웃음을 터뜨렸다.

"으핫핫핫! 옥아가 드디어 천절문에 도착했구나!"

"그래요?"

조마조마한 표정을 짓고 있던 단사연은 눈물을 글썽이면서 서찰을 받아서 읽고, 남령왕은 덩실덩실 춤이라도 추듯 껄껄 웃었다.

"핫핫핫핫! 천절문주가 전문 앞에 나와서 최고의 예절로써 옥아를 맞이했다는군!"

"아아… 정말 다행이에요. 이제야 다리를 뻗고 잠을 잘 수 있겠어요."

구양웅은 단사연이 다 읽은 서찰을 들고 있어서 그것을 읽지는 못했으나 주소옥이 천절문에 도착했으며 천절문주가 그녀를 맞이했다는 말을 들으니 너무 기쁘고 감격해서 울컥 뜨거운 것이 치밀었다.

지난 일 년여 동안 남령부 사람들의 피를 말리던 대장정이 마침내 막을 내렸다.

이제 황제는 남령부를 정벌하거나 어떠한 도발도 하지 못할 것이다. 그러려면 천절문을 비롯한 강호와 전쟁을 벌여야 할 것이기 때문이다.

한밤중에 날아든 낭보 덕분에 남령왕 부부는 지금까지의 모든 시름과 걱정을 다 잊어버리고 얼굴에서 웃음이 떠나지 않았다.

구양웅 역시 몹시 기뻤으나 마음 한구석으로는 무정도가 어찌 되었는지 궁금하면서도 걱정이 되었다.

지금의 남령왕과 단사연은 그저 무남독녀 주소옥이 무사히 천절문에 도착한 것만 생각하고 기뻐할 뿐이라서, 일 년여 동안 동고동락하면서 그녀를 천절문에 무사히 데려다준 무정도에 대해서는 잠시 잊고 있었다.

그것이 인지상정이다. 한 치 건너 두 치라고, 무정도가 아무리 대단한 일을 했어도 주소옥에 비할 바 없는 한 다리 건너 남인 것이다.

"전하, 속하가 서찰을 읽어도 되겠습니까?"

구양웅은 남령왕의 허락을 받고 탁자에 놓인 서찰을 조심스럽게 집어 읽었다.

과연 그가 짐작했던 것처럼 서찰에는 몇 가지 내용이 더 적혀 있었다. 그렇지만 남령왕 부부의 눈에는 오로지 주소옥이 천절문에 도착했다는 내용밖에는 들어오지 않은 게 분명했다.

특기할 만한 내용이 두 가지 더 있는데, 하나는 무정도가 천절문 근처에서 천절문주의 사제라는 흑창사비 용연풍의 목을 자르고 가슴을 관통해서 죽였다는 것이고, 또 하나는 무정도가 주소옥을 무사히 데려다주고는 홀연히 그 자리를 떠났다는 사실이다.

"흑창사비를……."

구양웅은 변방인 곤명에 있지만 사신육비가 무엇이며 강호에서 어떤 존재라는 것쯤은 상식적으로 알고 있다. 사신육비는 강호의 최고봉이다.

그런데 무정도가 흑창사비를 잔인하게 죽였다는 사실에 경악을 금하지 못했다.

무정도가 고강하다는 것은 직접 경험을 했었기 때문에 알고는 있었으나 설마 강호육비의 한 명을 죽일 정도라고는 생각하지 않았었다.

그의 중얼거림을 듣고 그제야 남령왕은 서찰의 다른 내용을 기억해 냈다.

"옥아를 욕보이려고 쫓아다닌 놈이었으니 천절문주의 사제라고 해도 죽어 마땅하다."

남령왕은 은혜와 원한이 분명한 성격이다. 그는 무정도가 끝까지 주소옥을 잘 호위했다는 생각이 마음이 흡족했다.

"물론입니다. 하오나……."

"하오나 뭐냐?"

구양웅은 강호에 대해서 잘 모르는 남령왕에게 사신육비에 대해서 자세히 설명을 해주었다.

"호오… 무정도가 그렇게 고강하다는 말인가?"

"더구나 그가 천절문 앞에서 홀연히 떠났다고 합니다."

서찰을 읽으면서 남령왕도 그 부분이 마음에 걸렸었다.

"음. 그래선 안 되지."

단사연은 걱정스러운 표정을 지었다.

"여보, 무정도라는 청년이 걱정이에요."

"그러게 말이오."

구양웅이 조심스럽게 아뢰었다.

"전하, 무정도는 북상하는 과정에서 보현공주를 죽였으므로 황궁의 공적이 되었습니다. 또한 팔신궁이 혈안이 되어 그를 찾아내서 복수를 하려고 할 테니 사면초가에 처했을 것입니다. 그러니 전하께서 그를 도와주셔야 합니다."

남령왕은 크게 고개를 끄떡였다.

"물론이다. 은혜를 저버린다면 금수만도 못 하지. 더구나 나는 무정도라는 청년이 매우 마음에 들었다. 할 수만 있다면 그를 내 가까이에 두고 싶다."

“당연히 그러서야 합니다. 그를 얻으면 천군만마를 거느리는 것이나 다름이 없습니다.”

남령왕은 잠시 생각하다가 명령을 내렸다.

“구양 대장. 요령(妖鈴)에게 무정도를 찾아서 무슨 수를 써서라도 그를 데려오라고 일러라.”

“요령공주 말입니까?”

구양웅은 움찔 놀랐다. 설마 남령왕이 묘족 족장의 딸이며 묘족의 실질적인 지도자인 요령공주를 동원할 줄은 예상하지 못했다.

“그렇다. 나는 요령을 무정도에게 줄 생각이다. 그러니까 요령에게 무정도가 남편이라고 알려줘라.”

“아…….”

남령왕은 손을 내저었다.

“아니다. 요령에게 보낼 서찰을 내가 직접 쓰겠다.”

평소 남령왕은 자신에게 두 명의 딸이 있다고 공공연하게 말하고 다녔었다. 한 명은 자신의 친딸 주소옥이고, 또 한 명은 요령공주다.

요령공주는 일찍 부친을 여의고 홀어머니 손에 자랐으며 지나칠 정도로 총명하고 어여뻐서 어렸을 때부터 남령왕이 매우 귀여워했었다.

오죽하면 그가 묘족 족장의 딸인 요령을 양딸로 맞이해서 모두에게 공주라 부르라고 했겠는가.

　그런 요령공주를 무정도와 혼인시키겠다고 하니 남령왕이 얼마나 무정도를 중히 여기는지 짐작할 수 있다.

불사이자사(不思而自思)

──생각하지 않으려 해도 자꾸 생각난다

주소옥이 천절문에 들어간 지 한 달이 지나 새해도 어느덧 이월로 들어섰다.

그동안 동명촌의 쾌도비는 최대한 몸을 바삐 움직이게 하기 위해서 큰일을 벌였다.

동명촌에 살고 있는 열다섯 가족의 집 열다섯 채를 모두 새로 지은 것이다.

아침에 눈을 뜨면 그는 잠시도 쉬지 않고 강가의 바위를 자르고 산속의 나무를 베어 날랐으며, 한겨울에 단단하게 얼어붙은 땅을 팠다.

그가 워낙 밤낮으로 쉬지 않고 열심히 일하고 금둔과 동료들, 그리고 동명촌의 모든 사람이 팔을 걷어붙이고 도운 덕분에 한 달이 다 되어갈 무렵에 열다섯 채의 집은 완성이 되었다.

마을 사람들이 원래 살던 집 옆에 가깝게 새집을 훨씬 크게 지었기 때문에 옛집은 창고로 사용하기로 했다.

쾌도비의 집은 마을에서 가장 높은 곳에 있으며 제일 크고 전망이 좋다.

집의 외형은 투박하고 내부 역시 보잘 것 없지만, 금둔과 동료들이 정성을 다 쏟아서 지었기에 생활하는 데 불편한 점은 별로 없다.

큰 방이 네 개나 되고 주방과 거실이 딸렸으며 집 앞에는 지붕을 길게 빼고 그 아래에 탁자와 의자들을 두어 그곳에서 술이나 차를 마실 수도 있다.

금둔의 동료 중에 유적원(劉適元)이라는 사내가 있는데, 그의 여동생 십칠 세 소녀 유홍(劉紅)이 쾌도비가 금둔의 집에서 나와 자신의 집에서 생활하기 시작했을 때부터 집안일을 봐주고 있다.

동명촌에는 그만한 또래의 소녀가 여러 명 있지만 그녀 중에서 유홍이 가장 요리 솜씨가 뛰어난데다가 또 부지런하며

말수가 적고 용모가 나아서 쾌도비의 시중을 드는 일에 낙점
이 되었다.

유홍은 아기였을 때부터 얼굴이 유난히 발그레해서 붉을
'홍' 이라는 이름을 지었다고 한다.

그녀는 지금의 나이가 돼서도 무슨 작은 감정의 변화를 일
으키는 일이 생기기만 하면 양 볼이 잘 익은 능금처럼 발갛게
달아오른다.

쾌도비는 유홍의 시중이 필요 없다고 거절했으나 마을 사
람들이 워낙 강경하게 밀어붙이는 바람에 어쩔 수 없이 받아
들였다.

쾌도비는 늘 밥맛이 없는 편이지만 여느 때처럼 오늘 저녁
식사도 한 그릇을 다 비웠다.

전에는 밥을 반도 먹지 않고 남겼었는데, 하루는 집 밖의
나무 뒤에서 혼자 울고 있는 유홍을 발견하고는 그때부터 끼
니때마다 한 그릇씩 꼭 비우고 있다.

그가 밥을 남기는 것 때문에 유홍이 상심해서 우는 것이라
는 사실을 알았기 때문이다.

그녀는 자신의 요리가 형편없어서 그가 밥을 잘 안 먹는다
고 여긴 것이다.

그저 밥 한 그릇을 다 비우는 것만으로 그녀를 울지 않게

할 수 있으니 그리 힘든 일은 아니다.

쾌도비는 큰 집에서 덩그러니 혼자 밥을 먹는 것이 어색하고 적적해서 유홍더러 함께 먹자고 몇 번 말을 건넸는데, 그녀는 한사코 마다하고 그가 식사를 끝낸 후에 주방 구석에 쪼그리고 앉아 혼자 먹곤 했다. 쾌도비의 고집도 대단하지만 그녀는 쇠심줄 고집이었다.

유홍은 그가 밥 한 그릇을 깨끗이 비운 것을 확인하고는 탁자를 깨끗이 치웠다가 새 요리와 술을 내왔다. 요즘 그는 식사 후에는 오랫동안 앉아서 술을 마시는 습관이 있기 때문이다.

"그만 가봐라."

유홍은 이른 새벽에 쾌도비가 일어나기도 전에 왔다가 쾌도비가 저녁 식사를 끝내면 설거지를 하고 잠자리를 봐준 후에 자기 집으로 돌아가곤 한다.

쾌도비가 금둔과 마을 사람들에게 큰 은혜를 베풀었다고 해서 그들이 베푸는 친절과 성의를 당연하게 받아들이는 것은 아니다.

그는 이런 식으로 신세를 지려고 이들의 목숨을 구해주고 도움을 주었던 것이 아니다. 그렇기에 유홍에게 늘 미안한 마음, 아니, 부담을 갖고 있다.

그녀가 그의 뒷바라지를 다 해주고 있는데 보답을 전혀 못하기 때문이다.

"저……."

설거지까지 다 마친 유홍이 평소 같으면 꾸벅 인사를 하고 나서 자신의 집으로 돌아갈 텐데 오늘은 탁자 맞은편에서 옷자락을 만지작거리면서 쭈뼛거리고 서 있다. 뭔가 할 말이 있는 것 같았다.

"뭐냐?"

쾌도비는 평소 버릇처럼 말하는 데에도 무뚝뚝하게 말이 튀어 나갔다.

그 바람에 유홍은 화들짝 놀라서 커다란 두 눈에 벌써 눈물이 그렁그렁 고였다.

"아… 아무것도 아니에요. 안녕히 주무세요."

유홍이 당황해서 얼른 허리를 굽혔다가 펴는데 눈물이 후두둑 떨어졌다.

마음이 여리기 짝이 없는 그녀는 쾌도비가 아무렇지도 않게 내뱉은 말 한마디에도 상처를 입는다. 그녀는 몸을 돌려 종종걸음을 치면서 달아났다.

"홍아, 이리 와라."

유홍은 멈칫하더니 돌아서서 주춤거리면서 다가왔다. 그녀는 쾌도비의 말을 거역한 적이 한 번도 없었다. 순종은 그녀의 또 다른 미덕이다.

불사이자사(不思而自思) 189

“무엇이냐? 말해봐라.”

“저… 은인어르신.”

동명촌에서는 나이 든 남자들은 쾌도비를 은공이라 하고 여자들은 은인어르신이라고 부른다. 쾌도비는 그런 호칭이 마뜩찮지만 그냥 내버려 두었다.

옷자락을 만지면서 고개를 푹 숙이고 있는 유홍은 용기하고는 별개로 쾌도비가 왜 그러는지 말을 하라고 명령을 하니까 순종을 하는 차원에서 겨우 대답을 했다.

“은인어르신께선… 무… 술을 잘하신다고 들었습니다…….”

“그래서?”

쾌도비는 빈 잔에 술을 따랐다.

동명촌 사람들은 그의 나이를 모르지만 이십대 초반쯤으로 짐작하고 있다.

그러나 그를 단순하게 청년이라고 여기는 사람은 없다. 그는 은인이며 굉장한 실력의 무인인 것이다.

“소녀는 무술을 배우고 싶어요.”

그 말을 할 때 유홍은 고개를 들고 눈물이 젖은 촉촉한 눈으로 쾌도비를 바라보았다.

“어째서?”

“소녀는… 무술을 배워서 나쁜 사람들로부터 동명촌 사람들을 지켜주고 싶어요.”

소녀로서는 생각하기 어려운 기특한 생각이다. 동명촌에서 무술을 할 줄 아는 사람은 한 명도 없다.

그래서 만약 외부의 침입을 받는다면 고스란히 당할 수밖에 없는 상황이다.

아직은 동명촌이 외부에 전혀 알려지지 않아서 그런 위험이 없다고 하지만 언젠가는 산적이나 수적의 침입을 받을 수 있다.

그래서 유홍이 그런 생각을 했을 것이다. 삼 년여 전에 구주상단에게 한 번 뼈아픈 좌절을 겪었었기 때문에 다시는 그런 일을 당하지 않으려는 생각이다.

기특한 생각이긴 하지만 유홍 같은 연약한 소녀가 무술을 배워서 어느 천년에 동명촌을 지킬 수 있는 실력자로 성장하겠는가.

“그것은 누가 시킨 것이냐?”

유홍은 화들짝 놀랐다.

“아… 니에요, 소녀의 생각이에요. 아무도 몰라요.”

“알았다. 가르쳐 주마.”

쾌도비는 선선이 승낙했다.

“네에?”

유홍은 자신의 귀를 의심하듯이 눈을 동그랗게 뜨고 놀랐

다. 그녀는 쾌도비가 당연히 허락하지 않을 것이라고 예상했
었다.

그러면 분위기를 봐가면서 한 번 더 부탁을 해보고, 그래서
도 안 되면 포기하려는 생각이었다.

"정… 말인가요?"

"그래."

유홍은 기쁨으로 얼굴이 빨개져서 두 손을 맞잡고 어쩔 줄
몰랐다.

"정말인가요, 은인어르신?"

"한 번만 더 물어보면 가르쳐 주지 않겠다."

유홍은 깜짝 놀라서 입을 다물었지만 기쁨을 주체하지 못
하고 안절부절못하면서 눈물을 흘렸다. 당황해도 울고 기뻐
도 우는 그녀는 어쩔 수 없는 여린 소녀다.

쾌도비가 그녀의 부탁을 들어주는 이유는 오직 하나다. 그
녀가 집안일을 하면서 그의 뒷바라지를 해주는 것에 대한 보
답일 뿐이다.

때마침 그녀가 무술을 가르쳐 달라고 하니까 잘됐다 싶은
마음이다.

그러므로 그녀가 무술을 배워서 동명촌을 지키는 것에 대
해서는 관심이 없다.

그는 단지 그녀에게 적당한 무술을 가르쳐서 마음의 부담

만 없애는 것이 목적이다. 그는 이 기회에 한 가지를 덤으로 처리할 생각이다.

"조건이 있다."

"말씀만 하세요."

"식사 때에는 나와 함께 먹어야 한다."

"알았어요."

같이 식사를 하자고 몇 번이나 말해도 듣지 않던 쇠심줄 고집이 단번에 꺾였다. 그만큼 그녀에게 무술을 배우는 일이 중요한 모양이다.

"내일부터 바지를 입고 와라."

"네!"

유홍은 쾌도비가 움찔 놀랄 만큼 크고 명랑하게 대답하고는 나비처럼 팔랑거리면서 집을 나섰다.

쾌도비는 요즘 마음이 많이 어수선하다.

동명촌에 열다섯 채의 새집을 지을 때나 사냥을 다닐 때에는 몸이 바빠서 주소옥에 대해 생각할 겨를이 없었는데, 요즘처럼 할 일 없이 집에만 틀어박혀 있으면 생각나는 것은 주소옥뿐이다.

그래서 술을 마셔보기도 하는데 그는 원래 술을 좋아하지 않을뿐더러 취하면 취할수록 주소옥 생각이 더 많이 나서 오히려 독이 되었다.

뿐만 아니라 자려고 눈을 붙이기만 하면 어김없이 주소옥의 꿈을 꾸었다.

그녀와 보냈던 일 년여 동안의 희노애락이 두꺼운 책장을 한 장씩 펼치듯이 차근차근 꿈에 나타났다.

꿈이라는 것은 내 의지대로 할 수 없으니까 어떻게 해볼 도리가 없다.

잠에서 깨지 않는 한 그녀와의 온갖 추억을 다시 한 번 반추하거나, 현실에서는 그녀와 이루지 못했던 일들을 꿈속에서 이루기를 반복했다.

깨고 나면 허망하고 가슴이 찢어지면서 머리가 으깨어질 정도로 그녀가 그리웠다.

유홍이 무술을 가르쳐 달라고 했던 날 밤에, 쾌도비는 내일부터 유홍을 가르치면서 비쾌법 삼 초식 삼라만상비를 연마하리라 마음먹었다.

유홍을 가르치는 것은 별로 어렵지 않을 터이다. 이렇게 해라 저렇게 해라 지시해 놓고서 그는 자기 할 일을 하면 될 것이다.

삼라만상비를 터득하고 나면 북경으로 떠난다. 가서 누나의 원수를 찾아서 죽일 것이다.

혈안이 돼서 그를 찾고 있는 팔신궁 본궁이 있는 북경에서 한바탕 풍운을 일으킬 생각을 하니까 쾌도비는 벌써부터 조금 흥분되고 기분이 좋아졌다.

그래서 본격적으로 일을 벌이면 주소옥이 덜 생각날 것이라고 기대했다.

"이렇게요?"

부웅— 붕!

유홍은 두 손으로 꼭 움켜잡은 도를 쾌도비가 시키는 대로 허공에 동작을 취하면서 수줍어했다.

쾌도비는 그녀를 보면서 조금 어이없는 표정을 지었다. 그가 금둔에게 부탁해서 갖고 온 대감도는 무게가 삼십 근이나 나가는데도 유홍이 마치 부지깽이를 다루듯이 가볍게 휘두르고 있기 때문이다. 더구나 그녀는 조금도 힘들어하는 기색이 없다.

쾌도비 같은 노련한 강호인들은 상대가 무거운데도 억지로 휘두르는 것인지, 정말 가볍게 갖고 노는 것인지 한 번만 척 보면 알 수 있다.

그런 관점에서 봤을 때 유홍은 어린아이가 장난감을 갖고 놀듯이 대감도를 다루었다. 그걸 보면 그녀는 선천적으로 대단한 힘을 지닌 것 같았다.

"이리 와서 내 손을 잡아봐라."

유홍은 쾌도비가 내민 왼손을 잡지 못하고 얼굴을 붉히면서 쭈뼛거렸다.

"네 팔 힘을 측정하려는 것이다."

그 말에 용기를 내서 그의 손을 잡았다.

척!

쾌도비의 손은 보통 남자들에 비해서 절반쯤 더 큰 편인데 유홍의 손도 꽤 컸다.

아니, 크다기보다는 손가락이 매우 길었다. 그런 손은 움켜잡는 것, 즉 도검을 움켜잡는데 유리하다.

"있는 힘껏 잡아봐라."

"이익!"

유홍은 팔 힘을 측정한다는 말에 고무되어 쾌도비의 왼손을 잡고 얼굴이 새빨개지도록 잔뜩 힘을 주었다.

그런데 그녀의 손아귀의 쥐는 힘, 즉 악력(握力)은 쾌도비의 예상을 훨씬 뛰어넘었다.

믿을 수 없게도 악력이 보통 사내보다 강한 정도가 아니라 마치 무공을 익히고 있는 사람의 강도다.

"이이이……."

쾌도비가 그만하라는 말을 하지 않으니까 유홍은 엉거주춤한 자세로 계속 힘을 주는 바람에 얼굴에 피가 몰려서 터질 지경이 되었다.

그 모습을 보고 쾌도비는 피식 웃음이 났다.

"됐다."

"휴우……."

"따라와라."

쾌도비는 그녀를 데리고 집 뒤쪽으로 갔다. 그곳은 집과 암벽 사이에 폭 오 장 정도의 널찍한 공간이 형성되어서 그녀가 무술 연마를 하는 광경이 다른 사람들에게 보이지 않을 것이다.

쾌도비는 유홍에게 무술을 가르치는 것을 비밀로 하고 싶었다. 마을 사람들이 너도 나도 무술을 가르쳐 달라고 부탁하는 것을 방지하려는 것이다.

"내가 하는 것을 잘 보고 따라서 해봐라."

그는 유홍에게 쾌도식, 즉 백두파의 북두인을 가르칠 생각이다. 그가 알고 있는 무공은 북두인과 비쾌법뿐인데 비쾌법을 가르칠 수는 없다.

여자들은 대부분 가벼운 검을 사용하는 검법을 배우지만 유홍으로서는 선택의 여지가 없다.

그래도 다행스런 것은 그녀가 매우 힘이 세고 악력이 뛰어나다는 사실이다.

그는 북두인 일 초식 십이변 중에서 제일변을 열 차례 전개하고는 대감도를 유홍에게 내밀었다.

"이 도법의 명칭은 북두인이라 하고 빠름이 생명이다. 이
제 네가 해봐라."

"후아!"

얼굴이 새빨개져 있던 그녀는 갑자기 숨을 토해냈다. 쾌도
비가 북두인을 전개하는 동안 숨을 참고 눈을 크게 뜬 채 지
켜봤기 때문이다.

"네, 사부님."

유홍은 두 손으로 공손히 도를 받으면서 난데없이 그를 사
부라고 불렀다.

"나는 네 사부가 아니다."

나이 십구 세에 무슨 제자라는 말인가. 갑자기 폭삭 늙어버
린 기분이 들었다.

"아닙니다, 사부님이십니다."

"고집을 부리면 무술을 가르쳐 주지 않겠다."

"사부님, 남아일언은……."

"알았다. 취소하마."

그가 무술을 가르쳐 주겠다고 한 번 약속했던 말을 들먹이
는 것이다.

순진하고 눈물 많은 숙맥인 줄 알았더니 이제 보니까 영악
하기도 했다.

"그 대신 사부라는 소리는……."

"지금부터 해보이겠습니다, 사부님."

유홍은 도를 쥐고 마당 가운데로 걸어가면서 그의 말을 가로막았다.

쾌도비는 그녀의 맹랑한 행동에 어이가 없었지만 기분이 나쁘지는 않았다.

마당 한가운데에서 자세를 잡고 우뚝 선 유홍은 두 손으로 대감도를 움켜잡고 전면의 암벽을 쏘아보고 있는데 자세와 표정이 자못 진지했다.

"한 손으로 해봐라."

지켜보는 쾌도비가 시정해 주었다. 그녀의 악력 정도면 한 손으로도 충분했다.

"네, 사부님."

한 번 사부라고 부르더니 그놈의 사부 소리는 아무 때나 해대고 있다.

그런데 그녀는 특이하게 왼손잡이다. 쾌도비는 여자 강호인은 많이 봤지만 왼손잡이는 본 적이 없었다.

"끼욥!"

유홍은 힘을 잔뜩 줘서인지 날카로운 괴성을 토해내면서 왼손으로 대감도를 휘두르기 시작했다.

휘익! 휙! 휙!

도가 허공을 가르는 파공음이 제법 날카로워서 생전 처음

도를 다루는 사람, 그것도 일개 소녀답지 않았다.

원래 다들 처음 입문 시에는 목도(木刀)로 수련하다가 숙달이 되면 실제 도를 사용하는 것이 상례다.

처음부터 무거운 도를 사용하는 것이 힘에 부치고 또 자칫 다칠 염려가 있기 때문이다.

쾌도비가 유홍에게 처음부터 실제 도를 준 것은 별다른 이유가 없다.

어쩌면 그녀가 무거운 도를 들고 헐떡거리다가 제풀에 겨워서 물러날 것이라는 예상을 했는지도 모른다.

그는 그녀에게 뭔가를 기대하지 않기 때문에 그녀가 무술을 배우지 않겠다고 스스로 물러나면 서로에게 좋은 일이라고 생각했다.

그런데 그의 예상이 아까부터 조금씩 어긋나고 있었다. 유홍이 대감도를 부지깽이처럼 휘둘렀을 때, 그리고 그녀의 완강한 악력을 직접 경험하고는 그녀가 힘에 부쳐서 쉽사리 물러나는 일은 생기지 않을 것이라고 예감했었다.

그리고 지금 그녀가 북두인 제일변을 전개하는 것을 보면서 쾌도비는 자신이 얼마나 부질없는 희망을 갖고 있었는지를 깨달았다.

그녀는 절대로 제풀에 겨워서 물러날 사람이 아니다. 월등한 팔 힘과 악력을 지녔을 뿐만 아니라, 쾌도비가 열 번 보여준 북두인 제일변을 거의 칠 할 이상 제대로 재현하고 있지 않은가.

무인의 공통점은, 재능이 있는 사람을 봤을 때 깊은 호감과 흥미를 느끼는 것과 가르치고 싶다는 충동을 억제하지 못한다는 사실이다.

쾌도비 또한 그런 점에서 다르지 않았다. 그는 '요놈 봐라?' 라는 기분이 들었으며 처음의 그녀에게 단지 빚을 갚는다는 생각 따윈 기억도 나지 않았다.

"그렇게밖에 하지 못하느냐?"

"네?"

제 딴에는 최대한 기억을 되살려서 열심히 했다고 여긴 유홍은 칭찬을 기대했으나 꾸지람이 돌아오자 풀 죽은 모습으로 고개를 숙였다.

"계속 수련해라."

쾌도비는 그 말을 남기고 돌아섰다. 이제 막 입문한 사람, 더구나 소녀에게 칭찬은 독약이나 다름이 없다.

자칫 유홍에게 칭찬을 했다가는 사부님 대신 오라버니라고 부를지도 모른다.

쾌도비는 혼자 방 안 한가운데 책상다리로 앉아서 머릿속에 기억하고 있던 삼라만상비 구결을 떠올려 새롭게 반추하며 긴 시간 동안 완벽하게 정리를 마쳤다.

　그러는 데 두 시진이나 걸렸으며 은근히 허기가 져서 생각해 보니까 점심 식사를 하지 않았다.

　쉬이잉! 휘잉!

　유홍에게 가던 그는 뒤뜰에서 날카롭고도 위맹하게 허공을 가르는 파공음을 듣고 조금 어이없는 표정을 지었다.

　뒤뜰에는 유홍 혼자 북두인 제일변을 수련하고 있을 텐데 파공음은 마치 도법에 입문하여 몇 년 동안 수련한 사람의 그것처럼 위맹했다.

　파공음은 아까부터 줄곧 들렸을 텐데 쾌도비는 삼라만상비에 심취해 있느라 듣지 못했다.

　집 모퉁이를 돌아선 그는 그곳에서 혼자 도를 휘두르고 있는 유홍을 발견하고 얼굴이 흠칫 굳어졌다.

　지금은 추운 겨울인데도 그녀는 더웠는지 입고 있던 두꺼운 누비옷을 벗어던지고 속옷으로 입는 얇은 홑옷만 입은 채 수련에 열중하고 있었다.

　그런데 홑옷이 땀으로 흠뻑 젖은 탓에 물이 빗물처럼 뚝뚝 떨어지고 있다.

　여자는 남자에 비해서 땀이 잘 나지 않는다. 더구나 한겨울에 얼마나 수련에 열중했으면 입고 있는 옷이 다 젖어서 땀이 비 오듯이 떨어진다는 말인가.

그렇지만 쾌도비의 표정을 굳게 만든 이유는 그것이 아니다. 지금 유홍이 전개하고 있는 동작을 보고 놀랐다.

쉬이익! 쉬잉!

그녀가 도를 휘두를 때마다 허공이 진저리를 치면서 떨어울리는 것도 놀랍지만, 북두인 제일변을 거의 흡사하게 전개하고 있다는 사실이 더욱 놀라웠다.

물론 쾌도비가 전개하는 북두인 제일변의 위력이나 쾌속함 면에서 비교를 한다면 그녀는 채 일 할의 일 푼에도 미치지 못한다.

장장 구 년 동안이나 북두인을 익힌 그와 비교한다는 자체가 어불성설이지만, 불과 두어 시진 수련한 것치고는 놀라운 발전이다.

그녀를 보면 두어 시진 동안 쉬지 않고 수련을 하고 있는 것이 분명했다.

그것도 놀라운 일이다. 건장한 사내들이라고 해도 무거운 도를 반 시진만 휘두르면 녹초가 돼서 나가떨어지기 십상인데, 연약한 어린 소녀가 두 시진 동안 쉬지 않고 도를 휘두르는 것이 가능한 일인가.

쾌도비는 그녀를 보면서 어쩌면 그녀가 말한 것처럼 북두인을 배워서 그녀 힘으로 동명촌을 외부로부터 지킬지도 모른다는 생각이 들었다.

쾌도비가 산에 가서 자신의 두 팔로 한 아름쯤 되는 굵은 나무를 여덟 자 길이로 잘라서 메고 돌아왔을 때까지도 유홍은 도법 수련을 멈추지 않고 있었다.

"그만."

그가 말하면서 다가서고 있는데도 그의 말을 듣지 못했는지 그녀는 부지런히 도를 휘둘렀다.

"멈춰라!"

"에?"

그가 언성을 높여서야 그녀는 휘두르던 도를 멈추고 놀란 얼굴로 그를 쳐다보았다.

그녀는 금방 머리를 감은 것처럼 흠뻑 젖은 머리카락과 얼굴에서 땀이 줄줄 물줄기가 되어 흘러내렸다.

"하악… 하악… 하아아……."

그녀는 서 있기도 힘든 듯 어깨를 늘어뜨리고 거친 숨을 몰아쉬며 할딱거렸다.

쾌도비는 무표정한 얼굴로 꾸짖었다.

"도법 수련을 하다가 지쳐서 죽고 싶은 것이냐? 어째서 쉬지도 않느냐?"

"하아아… 하아… 사부님께서 쉬라는 말씀을 하지 않으셨는데 어떻게 쉬나요……."

이쯤 되면 우직하다고 해야 하는지 바보라고 해야 하는지 모를 일이다.

북두인 제일변을 열 번 보고 거의 다 외워 버린 총명한 소녀하고 같은 사람인 것 같지 않았다.

쿵!

쾌도비는 답답한 그녀하고 더 이상 말상대를 하지 않고 나무를 오른손으로 번쩍 들어 올렸다가 단번에 땅에 깊숙이 박아버렸다. 한겨울 딴딴하게 얼어붙은 땅속으로 나무가 두 자 이상 박혔다.

"우와… 굉장해요, 사부님!"

그걸 보고 유홍은 눈을 휘둥그렇게 뜨며 탄성을 질렀다.

쾌도비는 그녀를 쳐다보다가 움찔했다. 얇은 홑옷이 땀에 흠뻑 젖어 몸에 찰싹 달라붙은 터라서 그녀의 몸매가 고스란히 드러나 있었기 때문이다.

봉긋한 젖가슴은 물론이고 젖 가리개가 얇은데다 흠뻑 젖어서 유두까지 내비쳤으며, 잘록한 허리하며 옴폭한 배와 배꼽도 보였고, 허벅지와 깊은 곳의 속곳마저 젖어서 거뭇거뭇한 음모가 여실히 드러났다.

그런 모습은 차라리 나신으로 서 있는 것보다 더 뇌쇄적이었다. 어린 소녀라고 하지만 몸은 이미 성숙한 여자와 다름이 없었다.

더구나 할딱거리며 가쁜 숨을 몰아쉴 때마다 봉긋한 젖가슴이 오르내렸다.

유홍은 쾌도비의 시선을 따라서 자신의 몸을 쳐다보다가 깜짝 놀라 몸을 움츠리며 두 팔로 가렸다.

"어맛?"

그런가 싶었는데 다시 몸을 펴고 가렸던 팔을 치우면서 얼굴을 발그레 붉혔다.

"보기 흉해요?"

쾌도비는 그녀가 잠깐 동안 몹시 부끄러워했다가 애써 의연하게 행동하는 것이 이상했다.

"옷을 갈아입어야겠다."

"춥지 않아요."

"괜찮겠느냐?"

쾌도비가 무엇을 묻는지 알아차린 그녀는 조금 더 부끄러워하면서도 몸을 활짝 폈다.

"괜찮아요. 사부님이신데요, 뭐."

말인즉, 쾌도비가 사부가 아니라면 부끄럽겠지만 사부라서 괜찮다는 뜻이다. 사부는 어버이와 같다는 말을 그녀도 알고 있는 것 같았다.

그녀가 괜찮다면 쾌도비도 억지로 옷을 갈아입으라고 할 이유가 없다.

“이제부터 이 나무를 상대로 수련해라.”

그는 땅에 꽂은 나무의 머리와 가슴 허리 높이의 세 군데를
가리켰다.

“반 장 거리에서 이곳들을 겨냥하는 것이다.”

“네!”

第四十八章

금수의 끽일시 (錦繡衣喫一時)

—비단옷이 한 끼 밥이다

유홍은 쾌도비가 처음으로 세워준 아름드리나무를 반나절 만에 절단을 내버렸다.

그녀는 쾌도비가 지시한 나무의 세 군데, 즉 머리부터 차례로 가격하여 머리를 잘라낸 다음에는 가슴 부위를, 마지막으로 허리 높이를 잘라 버렸다.

쾌도비는 그녀가 아무리 괴력을 지녔다고 해도 도로 아름드리나무 세 군데를 절단하려면 최소한 사나흘은 걸릴 것이라고 예상했었는데 보기 좋게 빗나갔다.

아름드리나무 한 군데를 절단하려면 도를 수백 번은 가격

해야 가능하거늘, 세 군데를 반나절 만에 모조리 절단했으니
그녀가 얼마나 지독하게 수련을 했으며 또한 엄청난 괴력을
지녔는지 짐작이 갔다.

아름드리나무를 만신창이로 만들고 나서 할딱거리고 있는
그녀의 왼손을 보니 피투성이가 되어 있었다.

손바닥이 다 까지고 찢어진 상태에서 헝겊을 손에 감고 계
속했는데 피가 손과 도파를 흠뻑 적셨다.

그것만 봐도 그녀가 얼마나 독종인지 알 수 있다. 믿기 힘
든 일이지만 그녀는 무인이 갖춰야 할 기본적인 자질을 두루
갖추고 있었다.

동명촌에 온 지 두 달이 지났다.

쾌도비는 저녁 식사 후에 설거지를 끝낸 유홍을 불러서 탁
자에 마주앉았다.

유홍에게 북두인을 가르친 지 한 달밖에 지나지 않았으나
쾌도비는 그동안 그녀에게 북두인 십이변을 차근차근 모두
가르쳤다.

그런데도 불구하고 예전에 쾌도비가 그랬듯이 그녀도 꽤
나 완벽을 추구하는 성격인 듯, 일변을 완벽하게 터득하기 전
에는 이변을 수련하지 않으려고 했다.

사실 북두인 십이변은 순서가 정해져 있지 않으며 각각 독

립된 변화와 위력을 지니고 있어서 따로 터득해도 상관이 없다.

물론 쾌도비는 그 사실을 유홍에게 설명해 주었으나 그녀는 무조건 일변부터 한 단계씩 차근차근 터득하겠다는 뜻을 굽히지 않았다.

"홍아, 나는 내일 아침에 떠난다."

"네에?"

사부가 과연 무슨 말을 할지 잔뜩 기대하고 있던 유홍은 난데없는 말에 소스라치게 놀라 발딱 일어서서 한참 동안 아무 말도 하지 못했다.

"앉아라."

그의 말에 무의식적으로 자리에 엉거주춤 앉기는 했으나 그녀의 얼굴은 창백하게 질려서 눈을 크게 뜬 채 석상처럼 굳어버렸다.

원래 쾌도비는 아무에게도 말하지 않고 동명촌을 떠나려고 했으나 그럴 경우에 유홍이 크게 상심할 것 같아서 그녀에게만 말을 꺼냈다.

"너는 북두인을 계속 연마해라."

"으앙!"

갑자기 유홍이 어린아이처럼 큰소리로 울음을 터뜨리며 탁자에 엎드렸다.

　쾌도비는 그녀를 물끄러미 굽어보다가 내친 김에 할 말을
마저 했다.

　"북두인을 다 연마하면 네 힘으로 동명촌을 지킬 수 있을
것이다."

　그는 처음에 유흥이 집안일을 해주는 것에 대한 보답으로
무술을 가르쳐 달라는 부탁에 응했었으며, 그녀가 무술을 배
워서 동명촌을 지키고 싶다는 말을 했을 때 그럴 가능성은 일
할도 없을 것이라고 여겼었다.

　그러나 그녀를 가르치는 동안에 그의 생각은 변했다. 선천
적인 괴력과 총명함, 기억력을 지닌 그녀라면 북두인 하나로
능히 동명촌을 지킬 수 있으리라 확신했다.

　불과 한 달 동안 북두인을 배운 지금 그녀의 실력이라고 해
도 산적이나 수적 몇 놈쯤은 어렵지 않게 패퇴시킬 수 있을
것이다.

　그리고 이대로 반년만 꾀부리지 않고 부지런히 익히면 웬
만한 수적 떼가 몰려와도 그녀 혼자 너끈히 동명촌을 지켜낼
수 있을 터이다.

　"이제 그만 가봐라. 난 자야겠다."

　그녀가 슬픔에 빠져서 통곡을 하든 어쩌든 쾌도비는 무관
심과 무표정을 견지할 생각이다.

　그가 지난 두 달 동안 동명촌에 머물면서 가장 가깝게 지낸

사람은 누가 뭐래도 유홍이다.

그렇다고 해서 그는 그녀에게 부드러운 말 한마디 해준 적이 없었다.

그의 성격이 원래 과묵하고 차갑기도 하지만 주소옥과의 이별 이후에 누군가에게 정을 준다는 자체가 꺼려졌다.

그것은 어쩌면 막연하면서도 본능적인 자기방어 같은 것일 게다. 죽을 때까지 영원히 함께할 사람이 아니면 언젠가는 헤어져야 할 테고, 그러면 또다시 슬프거나 우울해질 것이기 때문에 스스로 높은 벽을 쳐버리는 것이다.

그는 유홍이 울음을 그치기를 기다리지 않고 방으로 들어와서 침상에 누웠다. 그녀가 울다가 제풀에 지쳐서 갈 것이라고 생각했다.

사실 그는 지난 한 달 동안 비쾌법 삼 초식 삼라만상비를 터득하지 못했다.

주소옥은 삼라만상비를 완벽하게 터득한 후에 팔신궁에 찾아가라고 부탁했었고, 그는 그러마고 약속했으나 그 약속을 지키지 못하게 되었다.

이곳에서는, 아니, 굳이 이곳이 아니더라도 천하 어느 곳에서라도 삼라만상비를 연마할 환경이 전혀 조성되지 못하기 때문이다.

문제는 주소옥이다. 밤낮 없이 그녀 생각으로 머리가 터질

것 같아서 삼라만상비는 고사하고 그냥 숨 쉬고 사는 것조차
도 어려운 판국이다.

그러니 이도저도 아니고 이곳에서 세월만 죽이고 있는 것
보다는 훌쩍 떠나 북경으로 가서 팔신궁하고 한번 부딪쳐 보
자는 심산이다.

그러는 과정에서 적을 죽이고 또한 쫓기는 피 튀기는 예전
의 생활로 돌아가면 강호의 야성이 되살아나서 주소옥을 얼
마간 잊을 수도 있을 것 같았다.

그때 문밖에서 유홍의 발걸음 소리가 나는 듯하더니 꿇어
앉는 듯한 기척이 이어졌다.

"언제 돌아오실 건가요?"

그리고는 울음기가 짙게 섞인 그녀의 목소리가 문틈으로
새어 들어왔다.

"돌아오지 않을 것이다."

그녀에게 부질없는 기대를 심어주지 않으려면 애초부터
싹을 잘라야 한다.

그리고 실상 쾌도비는 동명촌에 돌아올 생각이 전혀 없다.
이들과의 인연은 이것으로 끝이다. 또한 살아가면서 이들과
다시 조우할 기회는 없을 것이다.

"으흑흑! 너무하세요, 사부님."

유홍의 원망이 이어졌다. 겨우 참았던 울음이 터져서 그녀

는 한동안 말을 잇지 못했다. 그런데도 쾌도비는 잠을 청하려고 눈을 감았다.

"사부님께서도 북두인을 가르쳐 주셨던 사부님이 계셨을 것 아니에요?"

그녀가 무슨 말을 하든 그저 듣고 흘려 버리면 되는데 이 말만은 그러지 못했다.

반사적으로 열 살 때 그에게 북두인을 가르쳐 주었던 연 대형이 오롯이 떠올랐다.

그는 연 대형이 가르쳐 준 쾌도식이 원래는 백두파의 북두인이라는 사실을 주소옥에게 듣고 나서 막연하게나마 연 대형이 자신의 사부이며 백두파가 사문이라는 생각이 들었었다.

의지할 곳 없는 천애고아의 몸이라고 해서 아무데나 덥석 마음을 주려는 것이 아니라, 백두파에는 묘하게 마음이 끌리는 뭔가가 있었기 때문이다.

'연 대형……'

연 대형을 만난 것은 쾌도비가 열 살 때였고 그때 그는 예전 예하운이라는 이름을 사용하고 있었다.

연 대형에게 쾌도식 일 초식을 배운 이후에 결과가 매우 좋으니까 누나가 이름을 '쾌도'라고 개명했었고, 나중에 경공술 비조행을 배우고 나서 '쾌도비'라고 제대로 된 이름을 지어주었었다.

그러고 보면 지금 쾌도비가 사용하고 있는 이름을 선사한 사람이 연 대형인 셈이다. 연 대형은 여러 면에서 쾌도비와 연결되어 있는 것이다.

"흑흑흑… 사부님께선 사조님이 보고 싶지 않으세요?"

유홍이 남의 속을 아는지 모르는지 다시 한 번 그의 속을 할퀴었다.

그녀는 제 맘대로 쾌도비를 사부라 부르더니 이젠 한술 더 떠서 본 적도 없는 연 대형을 사조라고 불렀다.

"소녀는… 사부님께서 영원히 이곳에 계실 줄 알았어요……. 이렇게 빨리 떠나실 줄은 꿈에도 몰랐어요……."

"아!"

그때 쾌도비는 무슨 생각을 떠올리고 크게 놀라서 벌떡 자리에서 일어나 앉았다.

"사부님?"

그의 탄성에 놀란 유홍이 더 놀란 소리로 외쳤다.

"사부님! 무슨 일이에요? 괜찮으신가요?"

쾌도비는 너무 큰 충격을 받은 탓에 그녀의 말이 하나도 들리지 않았다.

"연 대형이었어……."

두 달 전 주소옥을 데리고 천절문에 도착했을 때, 그가 죽인 용연풍이 천절문주 영호승의 사제라고 전음으로 가르쳐 주었던 인물이 있었다.

지금껏 도대체 그 인물이 누군지 아무리 생각해 봐도 짐작조차 되지 않았었는데, 그 목소리가 바로 구 년 전에 들었던 연 대형의 목소리였던 것이다.

기억 속의 연 대형 목소리는 낮으면서도 굵직해서 태산처럼 믿음이 갔었다.

유홍이 사조에 대해서 말하지 않았더라면 영원히 떠오르지 않았을 수도 있는 일이었다.

끼이…….

"사부님……."

유홍이 조심스럽게 문을 열고 얼굴만 들이민 채 쾌도비를 바라보았다.

그가 갑자기 탄성을 터뜨리고 나서 아무 소리도 내지 않으니까 잔뜩 걱정을 하고 있는 것이다.

쾌도비는 그녀를 물끄러미 바라보다가 고개를 끄떡였다.

"이리 와라."

그의 부름에 유홍은 쪼르르 다가와서 침상 앞에 오도카니 서서 그의 눈치를 살폈다.

그는 조금 전까지만 해도 유홍에게 무관심으로 일관했었지만 지금은 작은 깨달음을 얻은 덕분에 그녀를 좀 더 따뜻하게 대해줘야겠다는 생각이 들었다.

그 옛날 연 대형은 지금의 쾌도비처럼 무뚝뚝하고 과묵하며 일말의 온정을 베풀지 않았었다.

지금 돌이켜 생각해 보면 쾌도비는 연 대형의 그런 점이 못내 서운했었고, 그가 자상한 사람이었으면 쾌도비의 성격이나 운명도 조금쯤은 변했을 것 같았다.

만약 과거 연 대형이 그랬던 것처럼 쾌도비가 유홍에게 똑같이 행동한다면, 그녀도 죽을 때까지 지금 쾌도비와 같은 마음을 품고 있을 것이다.

"홍아, 내게는 반드시 해결해야 할 일이 있단다."

"뭔데요?"

그녀는 눈물을 닦고 나서 궁금한 듯 물었다.

"누나의 원수를 갚는 일이다."

"아……."

원수를 갚으러 떠난다면 붙잡을 수 없는 일이다. 만약 그녀에게도 죽여야 할 원수가 있다면 지금 쾌도비처럼 행동할 테니까 말이다.

"그럼 한 가지만 약속해 주세요."

그녀는 더 이상 떼를 쓸 수 없음을 깨달았으나 희망의 끈을 놓지 않았다.

"뭐냐?"

“소녀를 보러 꼭 이곳으로 돌아오세요.”

“그러마.”

유홍은 그가 건성으로 대답한다는 것을 알아차렸다.

“약속해 주세요.”

그렇지만 그녀는 그가 한 번 약속한 것은 반드시 지킨다는 사실을 잘 알고 있기에 약속을 받아내려고 졸랐다.

사실 쾌도비는 동명촌에 다시 돌아와야 할 이유가 없다. 그렇지만 누나의 원수를 갚고 나서 언젠가 지나는 길에 한 번쯤 들러볼 수는 있을 터이다.

“알았다.”

“꼭이에요.”

“그래.”

와락!

“고마워요, 사부님.”

그녀는 앉아 있는 쾌도비에게 덤벼들듯이 안기며 이번에는 기쁨의 눈물을 흘렸다.

“그만 울어라.”

쾌도비가 등을 토닥이자 그녀는 그대로 그의 무릎에 앉아서 훌쩍거렸다.

“만약 사부님께서 돌아오시겠다는 약속도 하지 않고 떠나셨다면 소녀는 무척 상심했을 거예요.”

　그녀는 두 팔로 쾌도비의 목을 꼭 안고 눈물을 흘리면서 뺨을 비볐다.

　"그렇지만 이제는 사부님께서 돌아오실 때까지 꾹 참고 열심히 북두인을 연마하면서 기다릴 거예요."

　작고 가녀리면서도 풍만한 몸이 품에 안기고 또 문질러졌으나 그는 아무런 감흥도 느껴지지 않았다. 그저 누이동생 같은 소녀를 안고 있을 뿐이다.

＊　　　＊　　　＊

　강호가 뒤숭숭했다.

　쾌도비가 두 달 만에 다시 돌아온 강호에는 여러 가지 기운이 감돌고 있었다.

　동명촌을 떠난 그는 북경으로 가는 도중에 들른 여러 주루에서 몇 가지 소문을 접했다.

　그중에서 가장 큰 소문은 두 가지였으며 그중 하나는 팔신궁과 황궁이 전 세력을 동원하여 무정도를 찾고 있다는 것이다.

　두 번째는 황궁이 천절문과 팽팽하게 대치하고 있는 중이며, 팔신궁 역시 천절문을 상대로 알력과 암투, 분쟁을 벌이고 있다는 사실이다.

쾌도비로서는 둘 다 이미 예상하고 있었던 일이다. 그가 곤명에서 낙양까지 혼자서 주소옥을 호위하여 무사히 데려다주었으며, 그 과정에서 팔신궁 고수를 수십 명이나 죽였기 때문에 쟁쟁하던 팔신궁의 위신이 땅에 떨어진 것은 두말하면 잔소리다.

그러므로 팔신궁이 실추된 명예를 조금이라도 회복하기 위해서라도 무정도를 찾아내어 반드시 응징하려는 것은 당연한 일이다.

또한 쾌도비가 보현공주 주선란을 죽였기 때문에 황궁도 전력으로 그를 찾아내서 복수하려는 것이다.

그리고 두 번째 소문 역시 예정된 수순대로 진행되고 있는 것뿐이다.

주소옥의 천절문행을 좌절시키려고 그녀를 죽여달라고 팔신궁에 청부한 곳이 바로 황궁이다.

사실 태자 주청운은 강호육비의 한 명인 철장잔비 담자능에게 명령을 내렸었다.

팔신궁에 청부한 사람은 담자능이지만 강호에는 자봉공주 암살의 배후가 황궁이라고 알려졌다.

만천하의 백성이 남령왕에 대해서 동정의 눈길로 바라보고 있는 중에, 황궁으로서는 비열한 치부까지 드러나 치욕을 당하고 있는 셈이다.

그걸 무마하기 위해서 황제와 태자는 성동격서식으로 여러 가지 일을 벌였으나 역부족이었다.

그래서 이제는 아예 드러내놓고 천절문을 적대하고 한편으로는 보현공주를 죽인 무정도를 찾고 있는 것이다.

여태까지 팔신궁과 천절문은 사신의 일원으로서 별다른 은원 관계가 없었으나 이번 일로 감정의 골이 회복하기 어려울 정도로 깊어졌으며, 강호인들은 마침내 올 것이 왔다는 식으로 받아들이고 있다.

천절문으로서는 문주의 부인이 될 주소옥을 팔신궁이 총력을 기울여서 죽이려고 했던 일을 결코 묵과할 수 없다는 입장이다.

팔신궁은 팔신궁대로 천절문하고는 이미 돌이킬 수 없는 지경까지 이르렀다는 생각이고, 주소옥이 천절문의 보호를 받고 있지만 그녀를 죽이는 것을 끝까지 포기하지 않겠다고 천명했다.

팔신궁으로서도 치부가 백일하에 드러났으니 이젠 거칠 것 없이 자신들의 목적을 달성하겠다는 것이다.

강호의 입장은 절대적으로 천절문의 편을 들어주고 있다.

남령왕이 모함을 받아서 황제의 위를 뺏기고 그것으로도 모자라서 곤명으로 유배를 당했다는 사실은 삼척동자도 알고 있는 공공연한 비밀이다.

그런데 천절문이 약자인 남령왕 가족과 남령부를 구하려
는 차원에서 자봉공주 주소옥과 혼인을 하려는데, 팔신궁이
황궁의 사주를 받아서 장장 일 년여 동안 곤명에서 낙양까지
만여 리 길을 추격하면서 그녀를 죽이려 했다.

팔신궁은 강호인들이 병적으로 싫어하는 황궁과 결탁했으
며, 약자인 자봉공주를 죽이려고 총력을 기울이는 비겁한 행
위를 일삼았다.

뿐만 아니라 가는 곳마다 수많은 방파와 문파를 총동원하
고서도 무정도 한 명을 어떻게 하지 못해서 많은 고수를 잃은
초라한 모습을 만천하에 보여주었다.

그리고는 이제 와서 무정도에게 복수를 하겠다는 옹졸한
추태마저 보이고 있는 팔신궁이다.

그러니 강호인들은 팔신궁에 오만정이 다 떨어져서 두세
명이 모이기만 하면 주먹을 휘두르고 언성을 높이면서 팔신
궁 타도에 열을 올리고 있는 상황이다.

그 밖의 소문도 있다. 천절문주인 천중검비(天中劍秘) 영호
승과 남령부의 자봉공주와의 혼인에 대한 내용이다.

하지만 황궁이 노골적으로 천절문을 적대하고 언제 도발
을 할지 모르는 팽팽한 국면이라서 상황이 대충 안정되면 성
대한 혼인식을 거행한다고 한다.

또 다른 소문은 황궁과 팔신궁이 천절문을 도모하기 위해

서 사신의 다른 두 세력인 북황도(北皇道)와 여의루(如意樓)를 자신들 편으로 끌어들이려 애쓰고 있다는 것이다.

만약 팔신궁이 북황도와 여의루를 끌어들이면 천절문이 궁지에 몰리게 될 것은 자명한 사실이다.

하지만 강호의 여론은 북황도와 여의루가 강호의 도의를 저버린 배덕한 팔신궁의 편을 들어주지 않을 것이라는 쪽으로 모아지고 있다.

어쨌든 오랜 세월 동안 잠잠했던 강호는 현재 심지에 불을 붙이기만 하면 대폭발을 일으킬 화약고 같은 상황이다.

그리고 그 중심에는 무정도가 있다.

*   *   *

쾌도비는 동명촌을 떠난 지 열흘 후에 하남성의 고도(古都)인 개봉(開封)에 도착했다.

천절문이 있는 낙양은 하남성 북서쪽에 있으며, 개봉은 북동쪽에 있는데, 그는 아예 동명촌에서 처음부터 개봉을 목적으로 삼고 북동쪽을 향해 줄곧 걷거나 달려온 것이다.

최종 목적지인 북경으로 가려면 반드시 개봉을 지나야만 한다. 그러지 않고 안휘성을 경유하려면 수백 개의 강을 건너야 하는 번거로움이 따른다. 안휘성 서북부 지역은 회하(淮

河)로 흘러드는 헤아릴 수 없을 정도의 많은 강이 있기 때문이다.

쾌도비는 그다지 큰 변장은 하지 않은 모습이다. 면도를 며칠 동안 하지 않은 듯 짧고 거친 수염이 났으며, 구레나룻을 길게 길렀다.

그의 용모는 일 년여 전에 운남성 곤명에서의 그것과는 많이 변했다.

가장 큰 변화는 역시 나이에 따른 자연적인 성장이다. 비록 일 년이었으나 예전의 그는 소년티를 벗지 못한 앳된 구석이 있었으나 지금은 체구가 커졌을 뿐만 아니라 얼굴은 완연한 청년의 모습이다.

또한 주소옥과 보낸 일 년여 동안 수많은 경험과 고초가 그의 얼굴과 기도에 고스란히 새겨져 있는 탓에, 지금은 어느 누가 보더라도 산전수전 두루 겪은 강인한 무인으로 볼 터이다.

또한 예전에는 주소옥이 함께 있었기 때문에 그를 무정도라고 알아보는 경향이 많았었다.

그 당시에 나돌던 전신은 그의 소년티가 짙게 배어 있는, 그러면서도 제대로 그려지지 않은 조악한 것이었기 때문에 지금의 모습하고는 큰 차이가 있다.

그러므로 황궁과 팔신궁이 천하에 배포하고 또 거리마다

붙인 전신만으로 그를 무정도라고 알아보는 것은 거의 불가
능에 가깝다.

그러나 여기에 또 하나의 전신이 있다. 무정도의 모습을 가
장 가까이에서 며칠에 걸쳐서 지켜본 사람의 진술을 토대로
해서 그린 전신이다.
바로 남령부의 왕궁총대장 구양웅의 입을 빌어서 곤명 최
고의 화가가 쾌도비의 초상화를 그린 것이다.
쾌도비를 찾기를 열망하고 있는 남령왕은 그 전신을 자신
의 양딸인 묘족 요령공주에게 주어서 그녀로 하여금 직접 쾌
도비를 찾게끔 했다.
그리고 몇 마리의 신붕을 보유하고 있는 요령공주는 그것
들에게 쾌도비의 모습을 충분히 숙지시켜 하남성 일대를 비
행하게 하여 쾌도비를 찾도록 했다.

쾌도비는 개봉 성내의 객잔에 투숙했다. 그곳은 일, 이 층
이 주루이고 위의 삼, 사 층이 객잔이다.
그는 객방을 잡은 후에 식사를 하기 위해서 일 층으로 내려
가 자리를 잡았다.
저녁 식사 시간이라서 주루에는 빈자리가 없어서 그는 점
소이의 안내로 두 명의 강호인과 합석을 했다.

평범한 이류무사쯤으로 보이는 두 명의 강호인은 서로 마주 앉아서 식사를 하며 예의 강호의 뜨거운 화젯거리에 대해서 열띤 대화를 나누고 있었다.

쾌도비가 이곳까지 오는 동안 들렀던 주루에서는 강호인들이 어김없이 무정도와 자봉공주, 그리고 천절문, 팔신궁, 황궁에 대해서 침 튀기는 대화를 나누었었다.

강호인들은 어쩌다가 다른 사소한 대화를 하다가도 결국 마지막에는 그 얘기로 흥분하여 떠들었다.

"만리난도(萬里難道) 말이야. 난 그 생각만 하면 무정도가 신처럼 여겨진다네."

쾌도비 맞은편에 사선으로 앉은 강호인이 자신의 동료에게 동조를 구하듯 언성을 높이며 말했다.

만리난도. 그것은 무정도와 자봉공주가 곤명을 떠나서 낙양까지 이르는 머나먼 만 리 길을 오는 동안 헤아릴 수도 없을 정도로 많은 난관을 겪었던 얘기가 인구에 회자되면서 붙여진 이름이다.

강호는 물론이고 천하에서 만리난도를 모르는 사람은 남녀노소를 막론하고 아무도 없을 것이다.

사실 사람들은 만리난도의 진짜 속 내용에 대해서는 아무것도 모른다.

그렇지만 젊은 남녀, 그것도 절색미모의 소녀와 출중한 청년 영웅 단둘이 장장 일 년여 동안 만 리 장도를 가는 동안 별별 경험과 고난을 다 겪었을 것이라고 추측하여 순전히 사람들의 상상으로 만리난도의 내용을 만들어냈다.

그 내용은 크게 두 가지로 압축되는데 첫째는 무정도와 자봉공주가 만 리 길 한 걸음 한 걸음마다 숱한 난관을 극복하면서 악을 물리친다는—여기에서 악은 황궁과 팔신궁이다—눈부신 영웅담이다.

그리고 둘째는 두 사람 기남숙녀(奇男淑女)가 그 과정에서 서로 사랑하는 연인 관계로 발전한다는 연애담이다.

현실에서는, 그리고 표면적으로는 무정도가 단지 자봉공주의 호위무사였으며 자봉공주를 낙양 천절문에 무사히 데려다준 것으로 끝났으나, 세상 사람들이 만들어낸 만리난도에서의 두 사람은 일 년여 동안의 동행에서 서로 죽도록 사랑하는 연인 사이가 되었다는 것이다.

그렇지만 자봉공주는 남령부를 살리기 위해서 할 수 없이 정인을 남겨두고 홀로 천절문으로 들어갔고, 사랑하는 정인을 잃은 무정도는 눈물을 흘리면서 쓸쓸히 돌아섰다는 내용이다.

그것은 제법 그럴싸한 애기다. 그처럼 아름다운 절색미녀와 청년 영웅이 일 년여 동안 한 몸처럼 붙어서 지냈는데 어찌 애정이 싹트지 않았겠는가.

그리고 그것은 실제로 있었던 쾌도비와 주소옥의 기나긴 과정을 마치 누군가 옆에서 동행을 하면서 지켜본 것처럼 정확했다.

만리난도의 파죽지세의 영웅담은 주로 강호인들 사이에 회자되고, 애간장을 녹이는 연애담은 백성들 사이에서 폭발적인 인기를 구가하고 있다.

처음에는 그저 하나의 영웅담과 하나의 연애담으로 시작됐으나, 그것들이 가지를 치기 시작하여 현재는 수백 개의 영웅담과 연애담으로 발전한 상태이고, 각 지역마다 그 내용이 책으로 만들어져서 수많은 청춘남녀의 심금을 울리고 있는 실정이다.

지금 쾌도비와 합석을 한 두 사람은 강호인이라서 만리난도의 영웅담을 얘기하는 것이다.

"혈혈단신으로 팔신궁을 상대하여 자봉공주를 천절문에 무사히 인도하다니 누천년 무림사에 이런 일은 없었던 것으로 알고 있네. 그 일만 생각하면 내가 강호인이라는 사실에 한없이 긍지를 느끼고 피가 들끓는다네."

"맞아. 무정도야말로 진정한 영웅협객이지. 그래서 나는 죽기 전에 한 번만이라도 무정도를 만나보는 것을 내 새로운 목표로 삼았다네."

"그런가? 나하고 목표가 똑같군."

쾌도비는 주문한 요리가 나와서 두 사람의 대화를 들으며 묵묵히 식사를 하고 있었다.

처음에는 만나는 사람마다 쾌도비 자신의 얘기를 해서 몹시 어색했으나 며칠 사이에 하도 그런 얘기를 듣다 보니까 이제는 만성이 돼버렸다.

그래도 같이 합석한 강호인들이 면전에 대놓고 무정도가 영웅이니 죽기 전에 꼭 한 번만이라도 만나는 것이 목표입네 하고 말하는 것을 듣는다는 것은 역시 조금쯤은 낯 뜨거운 일이다.

"귀하는 혹시 무정도를 본 적이 있소?"

그때 문득 맞은편에 앉은 강호인이 식사를 하고 있는 쾌도비를 보며 넌지시 물었다.

그가 보기에 쾌도비가 범상한 인물이 아닌 듯했으나 용기를 낸 것이다.

또한 범상한 인물이 아닌 것 같기에 이런 인물이라면 무정도에 대해서 좀 더 자세히 알고 있지 않을까 하고 나름 추측을 했다.

"없소."

무정도는 그런 얘기에는 관심이 없는 듯 그를 쳐다보지도 않고 낮은 목소리로 잘라서 대답했다.

머쓱해진 두 강호인은 다시 자신들의 대화, 즉 무정도에 대해서 침을 튀기며 얘기를 나누기 시작했다.

쾌도비는 식사를 하면서 자신에게 당면한 문제에 대해서 궁리를 했다.

그는 원래 주선란에게 강도질을 해서 뺏었던 금화를 아낌없이 모두 동명촌 사람들에게 주고 자신은 금화 석 냥만 갖고 있었다.

그런데 동명촌을 떠나기 전에 유홍에게 두 냥을 주고 한 냥만 달랑 갖고 나왔는데 그게 어느새 다 떨어지고 이제 은자두 냥만 남은 상황이다.

그가 제아무리 만천하인이 칭송하는 영웅이라고 해도 수중에 돈이 없으면 굶주려야 하고 밤에는 한데서 자야 하는 것이 현실이다.

그가 무정도라는 사실이 알려지면 금은보화를 주려는 뭇사람이 줄을 설 테지만, 그에 앞서 그를 죽이려는 황궁과 팔신궁 고수가 떼로 몰려들 것이다.

그러나 더 중요한 것은 일신의 영달을 위해서 자신이 무정도라는 사실을 떠벌리고 다닐 마음이 그에게는 추호도 없다는 사실이다.

그렇다고 해도 그는 돈을 벌기 위해서 이곳 개봉에 머물고 싶은 생각은 없다.

계속 북경으로 가면서 도중에 적당한 일거리를 찾아 돈을 벌면 된다.

그것도 여의치 않으면 풍찬노숙도 상관없다. 이제 초봄이 되었으니까 들과 산, 강에서 먹을 것들을 어렵지 않게 찾을 수 있을 것이다.

할고충복(割股充腹)

─허기를 채우려고 허벅지살을 베어 먹는다

　결국 돈이 떨어진 쾌도비는 낮에는 관도로 길을 가고 밤이
되면 가까운 산속으로 들어가 잠을 청할 수밖에 없는 신세가
되었다.

　오늘 밤에는 개봉에서 동쪽으로 백여 리 거리에 있는 난
봉(蘭封) 조금 못 미친 곳의 어느 야산으로 들어갔다.

　한 시진 전에 마지막 돈을 털어 주루에서 배불리 저녁 식사
를 했기 때문에 돈 걱정은 내일 아침에 하면 된다.

　이 야산은 산세가 별로 험하지 않고 낮으며 길이가 십여 리
남짓 작지만 제법 수목이 울창하여 하룻밤 노숙을 하기에는

적당했다.

그는 산속의 졸졸 흐르는 계류가의 바위들이 난립한 곳에 자리를 잡았다.

풀을 바닥에 깔고 그 위에 앉아서 바위에 등을 기대고 다리를 쭉 뻗고 있는 그의 뇌리로 어김없이 주소옥에 대한 생각이 떠올랐다.

그는 한동안 밤하늘을 응시하면서 주소옥에 대하여 이것저것 생각했다.

이즈음의 그는 아무 때나 불쑥불쑥 떠오르는 주소옥에 대한 생각을 억지로 지우려거나 어떻게 해보려고 노력하지 않게 되었다.

주소옥에 대한 것은 사람의 힘으로는 도저히 어쩔 수 없다는 사실을 깨달았기에 그냥 내버려 두었다.

그러면서 자신의 할 일을 했다. 머릿속에는 주소옥에 대한 추억을 회상하거나 지금 그녀는 어떻게 지내고 있을까 하는 생각을 하면서도 다른 한편으로는 일상생활을 하는데 불편함을 느끼지 않았다.

말하자면 호흡을 하는 것이 전혀 불편하지 않듯이, 그녀에 대한 상념 역시 그런 식으로 발전되었다.

슥—

지금도 머리로는 주소옥을 생각하면서 손은 품속에서 비

도쾌를 꺼내서 손에 쥐었다.

'삼라만상비.'

동명촌에서 완성하지 못했던 비쾌법 삼 초식 삼라만상비에 대해서 그는 이곳까지 오는 동안에도 줄곧 생각을 멈추지 않았었다.

사실 삼라만상비는 너무 어렵다. 주소옥 덕분에 구결은 다 외우고 이해를 했지만 지금으로썬 전개하는 것이 불가능한 상황이다.

아니, 어쩌면 그는 구결을 완벽하게 이해하지 못한 것일지도 모른다. 제대로 다 이해를 했다면 전개를 하지 못할 이유가 없는 것이다.

천지무쌍쾌와 고금제일도는 비도쾌를 통해서 도강과 무형강기를 발출하는 것이지만 삼라만상비는 전개하는 방식이 근본적으로 다르다.

검법의 최고봉은 이기어검술(以氣馭劍術)이고 도법의 최고봉은 이기비도술(以氣飛刀術)이다. 삼라만상비는 바로 이기비도술인 것이다.

말하자면 기로써 도검을 날리고 또 조정을 해서 원하는 목표물을 찌르거나 베는 수법이다.

그러나 워낙 고매한 초상승의 수법이라서 무림사 이래 지금까지 그것을 전개한 인물이 열 손가락 안에 꼽힌다고 할 정도다. 당금 강호에서 열 명이 아니라 무림사 전체를 통틀어서 말이다.

말이 쉬워서 이기어검술이고 이기비도술이지 순전히 체내의 기로써 도검을 조종하여 날려서 표적을 찌르거나 벤다는 것이 가능하기나 한 일이겠는가.

그 수법은 도검을 수십 장 거리까지 날릴 수 있으며, 상승의 경지에 도달하면 거리를 수백, 수천 장으로 늘릴 수도 있고, 표적, 즉 적이 여러 명이라도 한 번 날린 도검으로 모두 죽일 수 있다고 한다.

그것을 순전히 제자리에서 기로써 도검을 조종하는 것이니 절대로 쉬운 일이 아니다.

쾌도비는 비도쾌의 도첨이 정면을 향하게 하여 손에 쥔 상태에서 지금까지 수백 번도 더 해왔던 구결의 운용을 다시 한 번 시도해 보았다.

모두 이십사 단계인 구결을 거의 반 호흡 만에 체내에서 운용을 해야 한다.

그렇게 해서 생성된 기운을 비도쾌에 주입하면서 방향과 표적을 제시하면 빛처럼 쏘아 나갈 것이다. 물론 제대로 된다면 말이다.

우우우…….

이십사 단계의 체내운용이 끝나자마자 손바닥 위에 놓인

비도쾌가 검푸르면서도 투명한 빛으로 물들고 낮은 울음을
흘리면서 가늘게 떨렸다.

하지만 비도쾌는 세 호흡 정도의 시간 동안 그러다가 빛도
사라지고 떨림도 정지했다.

쾌도비가 삼라만상비를 연마한 최종단계가 여기까지다.
동명촌을 떠나기 이틀 전에 이미 이 상황까지 도달했으나 거
기서부터는 도무지 진전이 없다.

객잔에서 매일 밤마다 창을 열어놓고 한두 시진 동안 삼라
만상비를 전개하려고 애를 썼으나 언제나 여기까지가 한계였
었으며 지금도 마찬가지다.

우우우…….

그는 다시 한 번 구결을 운용하여 손바닥의 비도쾌가 검푸
르게 빛나면서 가늘게 진동하도록 만들었으나 역시 그것으로
끝이다.

"후우……."

그는 공력을 거두면서 길게 한숨을 토했다. 불완전한 삼라
만상비를 두어 차례 전개하고 나면 의례히 찾아오는 기력의
탈진현상이다.

'대체 뭐가 문제인가?

언제나 그랬던 것처럼 머리를 싸매고 아무리 궁리를 해봐
도 뭐가 문제인지 도무지 알 수가 없다.

이럴 때 주소옥이 있었다면 그에게 현명한 충고를 해주었을 것이다. 아니, 그녀가 있었다면 이미 삼라만상비를 터득했을지도 모른다.

그녀가 곁에 없다는 사실이 하나에서 열까지 그에게는 형벌이고 고통으로 다가왔다.

그는 비도쾌를 품속에 갈무리하고 잠을 청하기로 했다. 오늘 밤은 평소보다 주소옥이 더 많이 그리울 것 같다.

한밤중에 쾌도비는 하룻밤 노숙을 하려고 했던 야산에서 내려와 난봉으로 향하는 관도를 달렸다.

예상했던 것보다 주소옥 생각이 너무 심해서 도저히 잠을 이룰 수가 없기에 잠자는 것을 포기하고 그냥 난봉으로 가려는 것이다.

그리고 난봉에 가서 한 가지 할 일이 생각났다. 예전 이류무사 탈명도 시절에 알고 지냈던 자를 만나서 얼마간의 돈을 마련해 볼 생각이다.

낙양이나 개봉에도 그런 자들이 있었으나 만날 필요를 느끼지 못했었다.

그들은 그가 이류무사였던 시절에 필요에 의해서 이합집산을 했었던 그저 그렇고 그런 자들이기 때문이다.

지금 난봉에 있는 자를 만나려는 이유는 순전히 돈을 벌기 위해서일 뿐이다.

　난봉은 강소성 남경(南京) 부근의 장강에서 시작된 황하고도(黃河故道)라는 운하가 장장 팔천여 리를 흘러와서 황하로 흘러드는 남서쪽에 위치해 있다.

　황하고도와 황하가 만나는 지역은 예부터 뛰어난 절경을 이루고 있어서 명승지와 기루, 주루가 많으며, 천하에서 몰려드는 사람들로 인하여 날이 새도록 불야성을 이루는 것으로 소문이 자자했다.

　황하고도가 흘러오는 동남쪽에서부터 황하가 있는 북서쪽까지 오 리에 걸쳐서 처마를 맞대고 길게 늘어선 화려하고 으리으리한 환락가에 쾌도비가 모습을 드러낸 것은 축시(丑時:새벽 2시경) 무렵이다.

　자정이 훨씬 지난 늦은 시각인데도 환락가는 온갖 종류의 사람으로 북새통을 이루고 있었다.

　쾌도비는 환락가의 중간쯤에 위치한 홍앵루(紅鶯樓)라는 기루 입구 앞에 멈추었다.

　그가 돈벌이 때문에 만나려고 하는 자는 예전에 이곳 홍앵루에서 기녀의 기둥서방 노릇을 하며 머물렀으며 아직까지 이곳에 있기를 기대했다.

　그자의 본업은 사기를 치거나 도둑질, 또는 좋은 정보를 얻

어서 하오문이나 인근 방파, 문파에 파는 등 허접한 일들이고
기둥서방은 부업이다.

홍앵루에 있으면 성욕과 숙식을 동시에 해결할 수 있으며
또한 기루에 드나드는 여러 종류의 술 취한 자의 입을 통해서
갖가지 정보를 수집할 수도 있기 때문에 겸사겸사 그 짓을 하
고 있는 것이다.

홍앵루 앞에는 짙은 화장에 분향을 풍기는 몇몇 기녀가 나
와서 호객을 하고 있었으나 다가온 쾌도비에겐 한 번 눈길을
주었다가 곧 차갑게 외면을 했다.

쾌도비는 동명촌을 떠나온 지 열흘이 넘도록 옷을 갈아입
지 않았으며, 더구나 오늘까지 이틀째 노숙을 했으니까 그렇
지 않아도 평범한 싸구려 옷을 입은 데다 많이 구겨지고 꼬락
서니가 말이 아니다.

시쳇말로 기녀들은 돈 냄새를 잘 맡는다고 하는데 쾌도비
에게선 그런 냄새가 나지 않는 것이다.

하지만 그는 개의치 않고 한 기녀에게 말을 걸었다.

"정술(鄭述)을 만나러 왔소."

기녀는 쾌도비의 얼굴을 뚫어지게 주시하더니 아쉽다는
듯 입맛을 다셨다.

"얼굴은 그런대로 반반하고 허우대는 멀쩡한데 몰골이 마
음에 들지 않네. 당연히 가난뱅이겠지?"

쾌도비는 한낱 기녀에게 싫은 소리를 듣고도 표정의 변화가 없이 덤덤했다.

기녀는 정술이라는 이름을 듣고는 의아한 표정으로 이쪽을 쳐다보고 있는 어린 기녀를 턱으로 가리켰다.

"재한테 물어봐요."

쾌도비가 정술을 마지막으로 본 것은 흑청사 문신의 정보를 얻으려는 것 때문이었고 이 년 전이었다.

그때 정술이 뒤를 봐주고 있었던 기녀는 서른 살이 넘은 노기(老妓)였었다. 아마 그는 새로 동기(童妓)의 기둥서방이 된 듯했다.

"그이는 왜 찾는 거죠?"

화장을 떡칠했어도 어린 티를 감추기가 어려운 어린 기녀는 행동으로나마 노련한 기녀처럼 보이려는 듯 건들거리면서 다가왔다.

더구나 자기보다 나이가 배나 많아서 아버지 같은 정술을 연인처럼 '그이'라고 불렀다.

"안에 있느냐?"

쾌도비가 똑바로 주시하면서 낮은 목소리로 묻자 그의 깊이 가라앉은 눈빛을 접한 어린 기녀는 마치 뜨거운 물에 데친 나물처럼 기가 팍 꺾여서 고분고분해졌다.

"네, 따라오세요."

홍앵루 뒤쪽에는 별채 외에도 여러 채의 창고 같은 건물이 있는데 어린 기녀는 쾌도비를 그것 중 어느 한 건물로 안내했다.

"정랑(鄭郞)."

어린 기녀는 비단 정술을 연인처럼 여길 뿐만 아니라 호칭마저도 연인처럼 정랑이라고 불렀다.

"무슨 일이냐? 방해하지 말라고 했잖느냐?"

굳게 닫힌 나무문 안쪽에서 귀에 익은 정술의 탁하면서도 신경질적인 목소리가 흘러나왔다.

"친구가 찾아왔어요."

쾌도비는 자신이 정술의 친구라고 말한 적이 없는데 어린 기녀는 제멋대로 말했다.

끼이…….

"어떤 미친놈이 꼭두새벽에……."

나무문이 열리면서 안쪽의 불빛이 흘러나오는 것과 함께 얍삽하게 생긴 한 사내가 나오다가 쾌도비를 발견하고 그 자리에 멈추며 얼굴 표정이 굳어졌다.

"너……."

그는 고개를 갸웃거리면서 빠르게 쾌도비를 살피면서 어디선가 본 듯한 얼굴인데 기억이 나지 않는다는 듯한 표정을 지었다.

이 년 전에 소년티가 완연한 쾌도비와 지금의 모습이 판이하기 때문에 헷갈리는 표정이다.

그래서 쾌도비는 자신이 누군지 밝히지 말아야겠다고 즉흥적으로 생각했다.

정보통인 정술이 무정도와 자봉공주의 만리난도에 대해서 모를 리가 없다.

그리고 당금 천하를 쟁쟁하게 울리고 있는 무정도가 과거 탈명도라는 이류무사였다는 소문도 어쩌면 조금쯤은 퍼져 있을지 모른다.

만약 정술이 그걸 알고 있다면 쾌도비는 시치미 뚝 떼고 내가 어째서 무정도겠느냐면서 모른 체할 생각이었다.

그러면 정술은 고개를 끄떡이며 '그럼 그렇지. 탈명도가 어찌 대명이 쟁쟁한 무정도겠어?' 하고 웃어넘길 것이라고 좋은 쪽으로 예상했었다.

그러나 정술이 그를 알아보지 못한다면 아예 딴 사람인 체하는 게 좋다.

"아는 사람 소개로 왔네."

"아는 사람 누구요?"

"개봉의 광족(廣足)이 이리 가보라고 하더군."

쾌도비는 정술만큼 알고 있는 개봉의 한 놈을 들먹였다.

"지금 광족이라고 했소?"

쾌도비는 나이가 삼십대 후반에 꼬장꼬장하게 보이는 정술에게 하대를 하는데도 정술은 꼬박꼬박 존대를 했다. 이 바닥에서 막 굴러먹은 정술이라고 해도 쾌도비의 기도가 범상하지 않기 때문에 감히 함부로 하지 못하고 본능적으로 자신을 굽히는 것이다.

"그렇네."

"허… 거참. 광족 이 친구는 어째서 그런 얘기를 하지 않았는지 모르겠군?"

정술은 고개를 모로 꼬면서 방금 자신이 나온 안쪽을 힐끗거리며 이상하다는 표정을 지었다.

쾌도비는 그가 정말 이상해서 그러는 것이 아니라 뭔가를 알고 있으면서도 은근히 상대를 떠보려고 그런다는 것을 즉시 알아차렸다.

그리고 산통은 곧 깨졌다. 정술은 상체를 틀어 안쪽을 향해 비틀린 듯한 웃음을 웃었다.

"이봐 광족, 자네 소개를 받았다는 친구가 찾아온 것 같으니까 나와 보게."

개봉 인근에서는 발이 넓기로 소문이 나서 광족이라는 별명으로 불리는 놈의 모습이 입구 쪽에 나타나자 쾌도비는 씁쓸해졌다.

설마 자신이 방금 팔아먹은 광족이 이곳에 있을 줄은 예상하지 못했던 것이다.

그런데 사건은 요상하게 풀렸다. 넙데데한 얼굴에 땅딸한 광족이 한눈에 쾌도비를 알아본 것이다.

"어? 이게 누구야? 탈명도 아니신가?"

광족이 쾌도비를 한눈에 알아본 것이다. 그는 예전부터 두루뭉술하게 생긴 것 하고는 달리 보는 눈이 날카롭고 언변이 매우 유창했었다.

"탈명도? 설마 쾌 형이라는 말인가?"

정술은 날카롭게 위로 찢어진 눈을 한껏 크게 뜨면서 놀란 얼굴로 쾌도비를 자세히 살펴보고 나서 비로소 고개를 크게 끄떡였다.

"맞아! 그러고 보니까 과연 쾌 형의 모습이 조금 남아 있구먼! 쾌 형, 오랜만이오."

정술과 광족은 그를 쾌도비라고 확신하는 듯했다.

예전에 쾌도비는 이따금 돈이 궁할 때나 정보를 얻기 위해서 이런 자들하고 어울릴 때에도 본연의 진중함과 위엄을 잃지 않았었고 또한 나름대로 쟁쟁한 실력을 지니고 있었기에 그 당시에 비록 십칠, 팔 세에 불과했으나 다들 그를 어려워했었다.

"누가 왔다고?"

문 안쪽에서 낮게 갈라지는 듯한 여자 목소리가 들리는가 싶더니 곧이어 짙은 흑의 경장을 입고 얼굴이 유난히 하얀 키가 큰 이십대 초반의 여자가 나타나 쾌도비를 뚫어지게 주시했다.

그녀의 눈빛이 크게 흔들리는 것으로 미루어 쾌도비를 만난 것 때문에 격동하는 것 같았다.

쾌도비는 기왕 이렇게 된 마당에 더 이상 정체를 감추려는 짓을 하지 않기로 했다.

무슨 일인지는 모르지만 이곳에 정술과 광족, 그리고 낙양 일대에서 잔인한데다 일처리가 깔끔하기로 소문난 여장부 흑심녀(黑心女)까지 이런 시간에 모여 있을 줄은 전혀 예상하지 못했었다.

"도비 맞아? 아닌 것 같은데?"

입고 있는 옷이나 별호하고는 상관없이 유난히 하얀 살결에 까만 눈썹과 눈을 지니고 있는 흑심녀는 초승달처럼 휘늘어진 아미를 찡그리며 내뱉었다.

그녀가 그러거나 말거나 정술과 광족은 약속이나 한 듯이 반색하며 양쪽에서 쾌도비의 팔을 잡고 열려 있는 문 안쪽으로 잡아끌었다.

"상(祥)아, 너는 얼른 술상을 차려오너라."

정술은 쾌도비를 이끌고 들어가면서 동기를 돌아보며 지

시했다. 그는 쾌도비를 마치 귀빈처럼 대했다.

"자자, 앉으시게, 쾌 형."

밖에서 보기에는 허름한 건물이지만 내부는 꽤 넓으며 잘 꾸며져 있었다. 정술은 둥근 탁자 앞 제일 좋은 자리에 쾌도비를 안내했다.

"마침 잘 왔소, 쾌 형. 우린 정말 고민이 많았었는데 쾌 형이 온 것은 하늘의 계시가 분명하오."

광족은 쾌도비 옆에 서서 두 손을 비비며 설레발을 피웠다.

모두들 쾌도비의 갑작스런 방문을 쌍수를 들어서 반기는 모습이다.

세 사람 중에서 가장 차갑고 독한 성격인 흑심녀조차도 일년 열두 달 냉랭함만 유지하고 있는 얼굴에 엷은 미소를 지으며 쾌도비를 바라보았다.

"무슨 바람이 불어서 왔어?"

쾌도비에게 유일하게 하대를 하는 스물두 살의 흑심녀가 지나가는 말처럼 물었다.

"돈이 필요해서."

쾌도비는 구구하게 늘어놓지 않고 짧게 대꾸했다. 그보다 더 분명하면서도 간명한 대답은 없다.

이들은 이상한 눈으로 그를 보지 않았다. 그는 예전에도 돈이나 정보가 필요하면 지금처럼 불쑥 찾아왔다가 목적을 이루면 훌쩍 떠났었다.

어쨌든 이들 세 명은 쾌도비를 만리난도의 주인공인 무정
도라고 생각하지 않는 것만은 분명했다.

무정도에 대한 소문은 익히 들었겠지만 그 소문과 쾌도비
를 연결시키지 않는 것 같았다. 하긴, 그러려고 해도 연결시
킬 만한 건더기가 없다.

만약 이들이 그런 사실을 알고서도 속에 감추고 있는 것이
라면 예리한 쾌도비의 눈을 속이지는 못한다.

혼자서도 그 지역에서 사기나 도둑질, 강도질, 협잡 등으로
제법 이름을 떨치고 있는 세 명이 한꺼번에 모두 모인 데에는
그럴 만한 이유가 있었다.

광족이 꽤나 굵직한 일거리를 물어왔으며, 혼자서는 도저
히 감당하기 어렵다는 판단을 내려서 흑심녀를 불러 정술이
있는 홍앵루로 모여든 것이다.

광족은 정보와 일에 필요한 물품을 준비하는 능력이 탁월
하고, 정술은 사람을 불러 모으고 일을 진행시키는 능력, 그
리고 흑심녀는 드잡이, 즉 싸움에 능숙하다.

그런데 이번 일거리는 세 명이서 전력을 기울여도 성공 가
능성이 절반이라고 한다.

"마차 한 대를 여자 무사 네 명이 호위를 하는데 그년들 보

통내기가 아닌 것 같거든?"

싸움이라곤 전혀 못하는 광족이 고개를 가로젓자 땅딸한 몸뚱이까지 따라서 흔들렸다.

"흑심녀 혼자서 그년들 넷을 상대하는 것은 벅찰 것 같아서 고민 중이었는데 쾌 형이 혜성처럼 떡하니 나타나 주었다 이 말씀 아니오. 헛헛헛!"

"흥! 그런 년들 나 혼자서도 충분해! 못 믿겠으면 시험해 봐도 좋아! 다 난도질해서 죽일 수 있어!"

여자로서는 드물게 양쪽 허리에 한 쌍의 칙칙한 검은색의 작은 도끼를 차고 있는 흑심녀가 두 눈을 광기로 번들거리며 냉소를 쳤다.

그 말은 잘못 들으면 쾌도비는 필요하지 않다는 말로도 들릴 수가 있다.

슥―

앉아 있던 쾌도비가 갑자기 일어나서 문으로 걸어가자 세 명은 깜짝 놀랐다.

"쾌 형! 어디 가는 거요?"

"내가 필요 없을 것 같아서."

흑심녀가 혼자서도 여자 무사 네 명을 다 죽일 수 있다고 의기양양했기 때문이다.

정술과 광족은 송곳으로 찔린 듯한 표정으로 동시에 흑심녀를 노려보았다.

그녀는 뜨거운 물을 뒤집어쓴 듯한 표정으로 우두커니 서서 쾌도비의 뒷모습만 쳐다보았다.

"쾌 형이 가는 거 그냥 보고만 있을 거야?"

정술이 윽박지르자 흑심녀는 이미 문을 열고 나가고 있는 쾌도비를 보며 투덜거렸다.

"가지 마, 도비."

탁!

그러나 쾌도비는 그냥 밖으로 나가서 문을 닫았다.

"잘한다. 기껏 굴러들어온 복을 차다니⋯⋯. 쾌 형이 합세하면 이 일은 땅 짚고 헤엄치기인데 쯧쯧쯧⋯⋯."

정술이 팔짱을 끼면서 혀를 차자 흑심녀는 똥 씹은 표정이 되어 잠시 주저하다니 한순간 구르듯이 문으로 달려가 밖으로 뛰쳐나갔다.

"도비!"

흑심녀는 쾌도비가 정원을 가로질러 기루의 입구 쪽으로 걸어가고 있는 모습을 보고 마구 달려가 뒤에서 두 팔로 그를 와락 끌어안았다.

"가지 마, 도비. 내가 말실수했어, 응?"

남녀노소를 막론하고 남이 자신의 옷자락에 닿는 것조차 질색하는 그녀지만 쾌도비에게만은 예외다.

인간이 지닐 수 있는 가장 악하고 못된 것들만 한 몸에 지니고 있는 그녀는 오로지 쾌도비 앞에서는 무장해제의 모습으로 그냥 한 사람의 여자일 뿐이다.

평소의 쾌도비였다면 조금 전의 그런 말을 듣고 무시해 버렸을 것이다.

그러나 상대가 흑심녀라서 일침을 찔러주자는 생각으로 문을 박차고 나온 것이다.

예전에 쾌도비 앞에서 깝죽거리다가 여러 차례 된통 혼났던 기억을 그녀가 잊고 있는 듯하여 다시 한 번 상기시켜 주자는 의도다.

이렇게 해놔야 함께 일을 하는 동안만이라도 말썽이 없고 편할 것이기 때문이다.

그러지 않으면 사사건건 흑심녀 때문에 신경이 쓰여 불편할 테니까 말이다.

좀 치사한 방법이긴 하지만 의외로 이러는 것이 흑심녀에게 잘 먹힌다.

흑심녀가 지금처럼 누군가를, 더구나 젊은 사내를 뒤에서 두 팔과 온몸으로 끌어안는 경우를 정술과 광족은 한 번도 본 적이 없다.

"내가 잘못했다고 하잖아. 화 풀고 들어가자."

그녀는 쾌도비가 그냥 가버릴까 봐 두려워하면서 두 팔을

풀지도 못한 상태로 그를 이끌고 뒤뚱거리면서 다시 문으로
향했다.

탁!

쾌도비는 가볍게 그녀를 뿌리치고 앞서서 성큼성큼 문 안
으로 들어가고 흑심녀는 말 잘 듣는 강아지처럼 쫄레쫄레 뒤
따라 들어갔다.

그걸 보고 정술과 광족은 서로를 쳐다보면서 의미심장하
게 히죽 웃었다.

이번 일을 하는 동안에는 흑심녀의 난동을 쾌도비가 철저
하게 제지할 것이라는 생각에 기분이 좋아진 것이다.

"그 마차에는 한마디로 돈이 가득 실려 있어."

광족의 목소리에 힘이 실릴 때에는 먹잇감에 대해서 설명
하거나 그것을 차지했을 경우다.

"얼마쯤 되겠어?"

"몰라. 짐작할 수도 없어."

정술의 물음에 광족은 고개를 가로저었다.

"대충 얼마 정도라고 짐작할 수는 없는 거야?"

광족은 고개를 모로 꼬며 곤란하다는 표정을 지었다.

"그냥 백만 냥 정도일 것이라고만 해두자, 물론 은자로."

"흐익? 백만 냥……."

"엄청나잖아!"

광족은 그보다 더 될 것이라고 짐작하지만 일단 그렇게 둘러대자 정술은 물론 흑심녀까지도 눈을 커다랗게 뜨고 놀라워했다.

"이번 건수 성공하면 난 이 바닥에서 뜰 거야."

"나도."

정술의 말에 흑심녀가 동조했다. 은자 백만 냥을 네 명이 나눠도 각각 이십오만 냥씩이다.

그 정도면 이 바닥에서 구차하게 돈벌이를 위해서 빌빌거리며 파리 목숨처럼 간당간당한 목숨 부지하느라 애쓸 필요 없이 어디론가 훌쩍 떠나 버젓한 사업이나 장사라도 할 수 있을 것이다.

쾌도비도 비슷한 생각이다. 은자 이십오만 냥이 있으면 팔신궁을 상대하는 동안이나 그 이후에도 돈 때문에 고생하지는 않을 터이다.

거금 이십오만 냥을 어디 전장 같은 곳에 맡겨놓으면 이자만으로도 생활이 충분할 것이다.

"그거 확실해?"

매사에 의심이 많은 흑심녀가 일거리를 물어온 광족에게 날카롭게 물었다.

광족이 갖고 온 일거리라면 언제나 분명하다는 것을 잘 알고 있지만, 그건 은자 수백 냥짜리 일거리였을 때 얘기고 지금은 사정이 다르다.

"그 마차를 네 마리 말이 끌어. 그리고 마차 지나갈 때 보면 땅이 푹푹 꺼져 있어. 마차 안에 무거운 물건이 실렸다는 거야. 그게 무얼 뜻하는 건지 아는 사람 나서면 내가 술 한 잔 따라주마."

광족은 정술의 동기 상아가 하녀 두 명에게 술상을 들려서 들어오고 있는 것을 보고는 히죽거리면서 말했다.

"흐흐… 마차 안에 무지하게 많은 돈이 실렸다는 뜻이겠지. 말하자면 은자 같은 것."

"정답. 술 받게."

꼴꼴꼴…….

"내가 돈 냄새 하나만큼은 귀신 뺨칠 정도로 맡는 거 잘 알고 있지?"

"푸헤헤! 알고말고. 광 형도 한잔하게."

정술과 광족은 죽이 척척 맞아서 둘이 북 치고 장구 치고 다 했다.

흑심녀는 쾌도비 왼쪽에 앉아서 빈 잔에 술을 가득 부어 말없이 그에게 내밀었다.

사실 흑심녀가 쾌도비에게 꼼짝도 하지 못하는 데에는 그럴 만한 이유가 있다.

일 년 반쯤 전에 두 사람은 개봉에서 은자 오백 냥짜리 큼
직한 건수를 성공시키고 자축하는 의미에서 진탕 술을 마신
적이 있었다.

결론적으로 말하자면, 그날 밤에 흑심녀는 쾌도비에게 순
결을 바쳤었다.

그 당시에 쾌도비는 근 석 달 이상이나 성욕을 풀지 못하고
있었으며, 돈을 주고 기녀나 창녀라도 품을까 생각하고 있던
중에 술에 취해서 스스로 몸을 던져 안겨오는 흑심녀를 마다
할 이유가 없었다.

그로서는 흑심녀가 숫처녀였는지도 몰랐을뿐더러 사내 경
험이 많다고 해도 상관이 없었다.

또한 그녀에게 티끌만 한 감정도 품고 있지 않았었고 그것
은 지금도 마찬가지다. 당시 흑심녀는 순전히 성욕을 풀 대상
이었을 뿐이다.

다음 날 이른 새벽에 쾌도비는 자신의 품에 눈처럼 뽀얀 나
신으로 안겨 있는 흑심녀를 떼어내고 그 길로 곤명을 향해서
떠났다가 거의 일 년 반 만에 이곳에서 우연찮게 그녀와 다시
조우한 것이다.

그전에도 흑심녀는 쾌도비에게만은 독하게 굴지 않고 부
드럽게 대했었다.

아마도 쾌도비에게 잘못 걸리면 남녀를 가리지 않고 작살

나기 때문에 그랬을지도 모른다.

"계획을 말해봐."

갈증을 느낀 것처럼 서너 잔을 연거푸 마신 정술이 이윽고 광족의 계획을 듣고 싶어 했다.

계획을 말하기도 전에 광족의 표정이 진지해졌다.

"마차의 목적지는 낙양이나 아니면 더 서쪽인 것 같네. 내가 잘 아는 친구가 처음 마차를 발견한 곳이 북경인데 그곳을 출발해서 현재까지 닷새째 계속 서쪽으로 가고 있으니까 말이야."

쾌도비는 실내에 들어온 이후 한마디도 하지 않았다. 그는 흑심녀가 따라주는 술을 묵묵히 마시기만 했다.

"지금까지 닷새 동안 쭉 지켜본 바에 의하면, 네 명의 여자 무사는 술시(밤 8시경)가 되면 객잔에 투숙하네. 그리고 두 명씩 교대로 객잔 밖에 세워진 마차를 지킨다네. 하룻밤씩 번갈아 가면서 지키는 거지. 잠도 자지 않고 지키는 걸 보면 마차 안에 굉장한 게 실려 있는 게 틀림없네."

광족은 들고 있는 술잔으로 정술을 가리켰다.

"정 형은 무색무취의 미혼약을 준비하고 그년들이 묵게 될 객잔의 점소이를 포섭하여 객잔 안에 있는 두 년을 쥐도 새도 모르게 재우게."

"알았네."

광족은 안주를 먹기 위해서 집은 젓가락으로 흑심녀를 가리키려다가 얼른 내렸다.

"흑심녀는 객잔 안에서 미혼약에 취해 나가떨어져 있는 두 년을 처리해."

젓가락으로 흑심녀를 가리키는 짓거리만으로 팔 하나쯤 족히 부러지고 남을 죄다.

"그리고 쾌 형이 밖의 두 년을 죽여주시게."

쾌도비는 가볍게 고개를 끄떡였다.

광족은 낮은 헛기침을 했다.

"에헴! 그렇다면 나는 물건을 옮겨 실을 마차와 일을 진행하고 또 끝난 후의 모든 과정에 소요되는 경비, 그리고 마차 안에서 돈 이외의 물건이 나올 경우에 그걸 처분하는 것을 맡겠네."

"이거 먹어봐."

흑심녀는 향기가 좋은 오리 요리를 쾌도비 앞으로 바짝 당겨주었다.

"마차는 현재 동명현(東明縣)에 있으며, 지금까지의 속도로 봐서는 내일 밤에 고성현(考城縣)을 지나 난봉으로 오는 길목 삼십 리 지점에 이를 것 같네."

광족의 말에 이 지역을 훤하게 알고 있는 정술이 맞장구를 쳤다.

"그렇다면 인무객잔(仁武客棧)에서 묵겠군."

"아마 그렇겠지."

"그럼 내가 일찌감치 인무객잔에 손을 써두겠네."

"그럼 좋지."

광족은 세 사람을 둘러보았다.

"다른 의견은?"

없었다.

그는 술잔을 높이 들어 올렸다.

"내일 밤 성공을 위하여."

묘두현령(猫頭縣鈴)

―고양이 목에 방울 달기

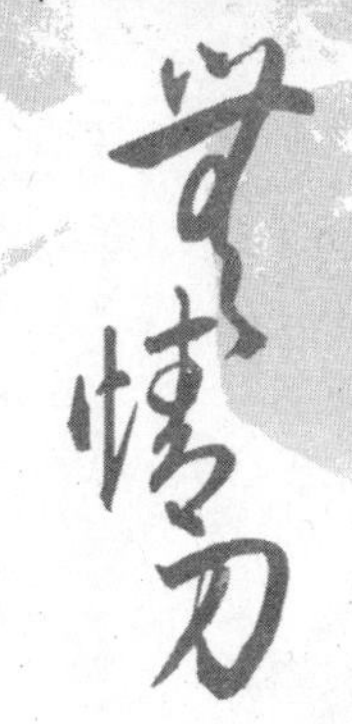

쾌도비와 정술, 광족은 인사불성이 되도록 만취했으나 흑심녀 혼자만 말짱했다.

쾌도비는 오늘 밤만은 주소옥을 잊어보려고 흑심녀가 잔을 채워주는 대로 다 받아마셨다.

그리고는 침상에서 대자로 뻗어버렸다. 어떻게 침실까지 왔는지도 모른 채 고주망태가 돼서 잠이 들었다.

그리고는 취중에 어김없이 주소옥의 꿈을 꾸었으며, 꿈속에서 그녀와 나신으로 한 덩어리가 되어 질펀하게 정사를 나누었다.

비록 꿈이지만 그는 극도의 쾌감을 맛보았으며 또한 더없이 행복했다.

흑심녀는 드디어 목적을 이루었다.

그녀는 자신이 순결을 바쳤던 쾌도비를 기적적으로 다시 만났으며, 그와 두 번째 정사를 하는 데 성공했다.

그렇지만 아직 목적을 완전히 이룬 것도 완벽하게 성공한 것도 아니다.

그녀는 쾌도비에 대해서 잘 모르지만 취중에 한 두 번의 정사 정도로 호락호락 자신의 남자가 될 사람이 아니라는 것쯤은 알고 있다.

만약 그런 남자였으면 그녀는 처음부터 함정을 파서 자신의 순결을 주려고 하지도 않았을 것이다.

처음 쾌도비를 만났을 때 그녀는 열아홉 살이었고 그는 열여섯 살로 그녀가 세 살이나 많았었다.

그녀는 자신이 남자를 벌레나 미물처럼 여긴다고 믿어왔었지만, 쾌도비를 만나고 또 그와 몇 번 일을 해보고 나서는 그 믿음이 산산이 깨져 버렸다.

그런데 어쩌다 보니까 자신도 모르는 사이에 그를 사랑하게 되었으며, 그와 일을 함께하게 되면 그의 마음에 들기 위해서 정신없이 노력했었다.

그러나 그의 마음은 금석이나 다름이 없었으며 그가 관심 있는 것은 오로지 흑청사 문신을 찾는 일뿐이었다.

그렇게 속절없이 세월이 흘렀으며, 쾌도비는 바람처럼 어디론가 떠나 버려서 그녀의 마음을 새카맣게 태워놓았다가 잊을 만하면 또다시 그녀 앞에 나타났다.

결국 그녀는 꼼수를 쓰기로 마음먹고 일의 성공을 축하하는 자리를 마련하여 그에게 진탕 술을 먹여서 인사불성을 만든 후에 자신의 순결을 바쳤었다.

그가 자신을 진심으로 사랑하게 되어 자연스럽게 순결을 바치기를 원했으나 아무리 생각해 봐도 그런 날은 죽을 때까지 오지 않을 것 같아서 결행을 할 수밖에 없었다.

그 당시에 그나마 그녀 편이 되어준 것은, 쾌도비가 술에 약하다는 것과 이따금씩 성욕을 해결하기 위해서 싸구려 기녀를 품는다는 사실이었다.

그도 성욕을 느끼고 또 그것을 방출하기 위해서 여자를 찾는 남자인 것이었다.

그리고 그 다음 날 그녀가 깨어났을 때 쾌도비는 이미 사라지고 없었다. 그것이 일 년 반 전의 일이었다.

'이번에는 절대로 놓치지 않겠어.'

그녀는 이른 아침이 되어서도 여전히 술 냄새를 풍기면서 깊이 잠들어 있는 쾌도비의 음경을 정성껏 애무하여 발기시켜 놓고는 한 마리 인어처럼 매끄럽고 흰 몸뚱이를 일으켜 그 위에 앉았다.

벌컥!

"이봐, 쾌 형. 그만 일어나… 헛?"

그녀가 자신의 몸속에 단단한 음경을 우겨넣고 마치 길들이지 않은 야생마 위에 올라앉은 듯 미친 듯이 허리와 둔부를 움직이고 있을 때 갑자기 문이 열리면서 부스스한 모습의 광족이 들어서다가 그 광경을 발견했다.

흑심녀는 동작을 멈추지 않은 상태로 고개만 획 돌려 광족을 잡아먹을 듯이 무섭게 쏘아보았다.

그녀는 이 중요한 순간을 누구에게도 방해받고 싶지 않았다. 부끄러움 따위가 문제가 아니다. 누구든지 방해하면 죽여버리고 싶은 심정이다.

"아… 알았어. 나간다고……."

광족은 기가 질려서 뒷걸음질 쳐서 나가면서도 눈앞에 벌어진 중요한 장면, 즉 쾌도비 위에 앉아 있는 흑심녀의 둔부를 유심히 주시하는 것을 잊지 않았다.

다음 날 밤 임시(11시) 무렵.

인무객잔 주인이 밖으로 나오더니 자연스러운 동작으로 입구에 등불을 내다 걸었다.

객잔 안에 있는 두 명의 여자 무사에게 미혼약을 탄 음식을 갖다 주었다는 신호다.

이 일대를 빠삭하게 꿰고 있는 정술은 아예 인무객잔의 주인을 구워삶았다.

쾌도비와 흑심녀, 정술은 객잔에서 백여 장쯤 떨어진 관도변의 나무 뒤에 숨어 있다가 방금 객잔 입구에 내걸린 등불을 보았다.

정술이 손가락 하나를 세우고 입을 벙긋거리면서 앞으로 일각만 기다리면 미혼약을 먹은 두 명의 여자 무사가 뻗을 것이라는 시늉을 해보였다.

쾌도비는 비스듬히 나무에 기대서 객잔 앞마당에 세워져 있는 마차와 양쪽에서 마차를 지키고 있는 두 명의 여자 무사를 주시하고 있다.

그가 보기에 여자 무사 두 명의 옷차림과 행동거지, 그리고 분위기로 미루어 무사 따위가 아니다. 최소한 일류고수 이상의 수준이 분명했다.

그녀들은 한밤중에 눈에 확 띄는 밝고 고급스러운 은의 경장을 입었으며, 상의 위에 녹색의 동의(胴衣:민소매 겉옷)를 덧입었고, 허리 뒤에 반월모양의 길이 한 자 남짓의 반월도(半月刀)를 한 쌍 차고 있었다.

뿐만 아니라 허리 앞, 그러니까 아랫배쯤에 돌돌 말린 은색의 채찍을 차고 있는 모습이다.

그런 것만 봐도 절대 평범한 무사 따위가 아닌 꽤나 명성 있는 집단의 여고수가 분명했다.

저런 여고수 네 명을 정술과 광족, 흑심녀 같은 하류가 처치하고 마차를 털려고 했다니 자살하는 방법치고는 매우 어리석었다.

밑바닥에서 오랜 세월 굴러먹은 흑심녀와 정술도 사람 보는 눈이 있다.

두 사람도 은의녀들이 보통 무사가 아니라는 것을 보는 즉시 직감했다.

하지만 그녀들이 강호의 일류고수일 것이라고 간파한 쾌도비의 안목을 따라가지는 못했다.

정술은 쾌도비가 걱정이 됐다. 객잔 안에 있는 두 명은 미혼약에 중독되어 뻗었을 테지만, 마차를 지키는 두 명을 쾌도비 혼자서 죽일 수 있을 것 같지 않았다.

그래서 그는 손짓으로 객잔 안의 두 명은 자신이 처리할 테니 밖의 두 명은 쾌도비와 흑심녀 둘이 해치우라는 시늉을 해보였다.

쾌도비는 알았다고 고개를 끄떡였으나 흑심녀는 쾌도비를 빤히 주시하고만 있을 뿐이다.

그녀는 지난밤에 만취한 쾌도비와 뜨겁게 정사를 나누었

으며, 아침에도 강간하다시피 또 한 차례 정사를 했는데 쾌도비가 그것을 전혀 기억하지 못하는 것 같아서 속이 새카맣게 타들어가고 있었다.

일거리를 목전에 두고서도 그녀는 제사보다는 젯밥에 관심이 더 많은 것이다.

그런데 정술이 정신이 나간 듯한 흑심녀 얼굴 앞에 손바닥을 흔들자 그녀는 움찔하며 가볍게 인상을 썼다.

"뭐야?"

정술은 그녀가 소리칠 줄은 예상하지 못했다가 화들짝 놀라 반사적으로 마차를 지키는 두 은의녀를 쳐다보았다.

아니나 다를까 방금 흑심녀의 나직한 외침을 듣고 두 은의녀가 이쪽을 쏘아보았다.

흑심녀도 그걸 보고 아차 하는 표정을 지었으나 이미 때는 늦었다.

그러더니 은의녀 한 명이 즉시 이쪽으로 달려오기 시작하는 것이 아닌가.

그런데 경공술이 장난이 아니다. 달렸는가 싶었는데 어느새 백여 장 거리를 절반이나 좁혀들고 있었다.

쾌도비의 눈이 정확했다. 경공술로만 봤을 때 그녀들은 팔신궁의 무극사신 정도의 수준이 분명했다.

그렇다면 그녀들은 방금 흑심녀의 목소리를 또렷하게 들

었을 것이다.

똑…….

쾌도비는 아래로 손을 뻗어 파릇파릇한 풀잎 두 개를 따서 하나는 왼손에 또 하나는 오른손에 쥐었다. 풀잎을 던져서 은의녀를 제압하려는 의도다.

흑심녀와 정술은 급히 나무 바깥으로 한쪽 눈을 내밀고 은의녀 쪽을 쳐다보다가 얼굴빛이 사색이 되어 얼른 나무 뒤로 숨었다.

그들도 눈이 있으니 은의녀가 달려오는 속도를 봤을 테고, 머리가 있으니 저 정도의 굉장한 경공술을 펼치는 여자라면 자신들 같은 하류 백 명이 있어도 못 당한다는 사실을 깨달았을 것이다.

정술의 얼굴에는 공포가 가득 떠올랐고, 흑심녀는 차가운 얼굴로 입술을 힘껏 깨물었다.

그렇지만 흑심녀는 이왕 이렇게 된 거 이판사판 뛰어나가서 싸워보려는 각오를 했다. 그녀는 원래 겁이 없고 싸움에서 물러날 줄은 모르는 성격이다.

그녀가 양손으로 허리춤의 도끼를 잡으려고 하는데 갑자기 쾌도비가 나무 바깥으로 불쑥 나갔다.

“도비!”

흑심녀는 놀라서 외치며 급히 뒤쫓아 나갔다. 그런데 쾌도

비는 쏘아오는 은의녀를 향해 태연하게 성큼성큼 마주 걸어
가기 시작했다.

그녀는 쾌도비가 자신보다 훨씬 강하다는 것을 알고 있다.
그녀는 삼류무사 정도지만 그는 이류무사 수준이다. 그녀가
알기로는 그렇다.

하지만 그녀가 보기에 은의녀는 무사 따위가 아닌 진짜 강
호인, 그것도 엄청난 수준이 분명하다.

그러니 쾌도비의 저런 행동은 달걀로 바위를 치는 격이나
다름이 없다고 생각했다.

은의녀는 어느새 오 장까지 쇄도하면서 허리춤의 채찍을
풀어 손에 쥐고 있었다.

"도비! 도망쳐!"

그런데 성큼성큼 걸어가고 있는 쾌도비 옆을 흑심녀가 빠
르게 스쳐 지나 앞으로 내달리면서 날카롭게 외쳤다. 그녀의
양손에는 작은 도끼가 한 자루씩 쥐어져 있었다.

쾌도비는 흠칫했다. 설마 흑심녀가 죽을 줄 뻔히 알면서도
은의녀에게 정면으로 돌진할 줄은 예상하지 못했다. 평소의
흑심녀라면 절대로 취하지 않을 행동이기에 쾌도비를 놀라게
만든 것이다.

사실 그는 자신이 지난밤 꿈속에서 정사를 나누었던 여자
가 주소옥이 아니라 실제로는 흑심녀와 정사를 했다는 사실

을 오늘 아침에야 깨달았었다.

이른 아침에 잠이 덜 깬 상태였는데 문득 자신의 음경이 부드럽고 따뜻해지는 것을 느꼈으며, 누군가 음경을 입안에 넣고 있기 때문이라는 사실과 잠시 후에 단단하게 발기하는 것을 깨달았었다.

그리고 곧 음경이 미끄럽고 깊은 곳으로 깊게 삽입되는 것을 느끼고 살짝 눈을 떴다.

그런데 자신의 하체에 앉은 흑심녀가 격렬하게 허리를 흔드는 광경을 목격했었다.

그러나 그는 그녀가 하는 대로 내버려 두었다. 술과 잠이 덜 깨서 매우 귀찮기도 했지만, 앞으로 언제 또 정사를 하게 될지 모르니까 이 기회에 정액을 한 번쯤 더 방출하자는 편안한 생각이었다.

일 년 반 전에 술에 취해서 처음 그녀와 정사를 했던 것이나, 지난밤과 오늘 아침의 정사에 대해서 그는 어떤 의미를 부여하지 않았다.

그가 잠시 즐겼던 것처럼 흑심녀도 같은 마음이었을 것이라는 생각이었다. 그랬을 뿐인데 거기에 과연 무슨 의미가 있을 수 있겠는가.

그런데 지금 그의 눈앞에서 벌어지고 있는 광경은 대체 뭐라고 이해를 해야 할지 모를 일이다.

흑심녀는 은의녀에게 곧장 짓쳐가면서 쾌도비에게 도망치라고 외쳤다.

다시 말하면 지금 그녀는 자신의 목숨을 희생해서 쾌도비를 살리려고 하는 것이다.

그것 때문에 쾌도비는 잠시 머릿속이 혼란스러웠다. 흑심녀가 대체 왜 저러는 것인가. 아까 저녁을 잘못 먹었거나 어디 아픈 것이 아닌가 하는 생각이 제일 먼저 떠올랐다.

쾌도비가 알고 있는 흑심녀는 철저히 자기밖에 모르는 여자다. 그러므로 그녀는 절대로 남을 위해서 자신을 희생하지 않는다.

희생은커녕 남 때문에 손톱만큼이라도 손해 보는 것을 병적으로 싫어한다.

그런 그녀가 지금 쾌도비를 위해서 자신의 목숨을 던지려 하고 있다.

쾌도비는 바보가 아니다. 그래서 찰나지간 그의 머리가 빠르게 회전했다.

그리고 일 년 반 전에 그녀와 정사를 했으며 지난밤과 오늘 아침에도 정사를 한 것이 결코 우연한 일이 아니며, 그녀의 의도에 의한 것이라는 사실을 깨달았다.

아울러서 그녀가 자신을 사랑하고 있을지도 모른다는 좋지 않은 예감이 들었다.

어차피 그는 은의녀를 제압할 생각이었으므로 오른손에
쥐고 있는 풀잎을 들어 올렸다.

흑심녀는 양손에 쌍도끼를 쥐고 돌진하고 있는데 은의녀
는 길이가 이 장이나 되는 채찍을 휘두르며 이미 공격을 가하
고 있는 중이다.

쐐애—

채찍이 구불구불 뱀처럼 쏘아오다가 일순 끝이 빳빳해지
면서 흑심녀의 얼굴을 향해 쇄도했다.

만약 그대로 놔두면 채찍 끝이 그녀의 얼굴을 박살 내거나
꿰뚫고 말 것이다.

흑심녀는 자신이 은의녀 근처에 접근하기도 전에 채찍 끝
이 얼굴을 향해 무서운 속도로 쏘아오는 것을 보고 하얀 얼굴
이 더욱 새하얗게 질려 버렸다.

은의녀가 고강할 것이라고 짐작했으나 설마 이 정도일 줄
은 몰랐다.

그렇지만 남 때문에 절대로 손해를 보지 않는 그녀일지라
도 지금 이 순간의 선택을 조금도 후회하지 않았다. 다만 최
후의 소망이 있다면 쾌도비의 얼굴을 한 번만이라도 더 보고
싶다는 것뿐이다.

어차피 막거나 피할 수도 없을 정도로 빠르게 쇄도하는 채
찍 끝을 무시한 채 그녀가 다급히 고개를 뒤로 돌리고 있는데

무언가 그녀의 코끝을 빛처럼 스치며 지나갔다.

사아······.

"흑!"

그리고 그 순간 그녀는 쾌도비의 얼굴이 자신의 얼굴 앞에 있다는 것을 발견하고 놀라서 눈을 크게 떴다.

슥―

쾌도비의 왼손이 그녀의 풍만한 가슴을 밀었다.

쒜액!

그녀의 상체가 뒤로 젖혀지는 순간 은의녀의 채찍 끝이 그녀의 가슴 앞을 아슬아슬하게 스쳐 지나갔다.

이어서 뒤로 쓰러지는 그녀를 쾌도비가 왼팔을 뻗어 허리를 가볍게 안아 일으켰다.

그녀가 뒤를 돌아보다가 코끝을 스치며 뭔가 지나가고, 쾌도비가 그녀의 가슴을 밀며 채찍 끝이 스쳐 지나간 일련의 행동은 눈 한 번 깜빡거리는 순간보다 더 빠른 찰나에 일어나고 끝났다.

"도비······."

흑심녀는 너무 놀라서 정신이 없는 상태에서 쾌도비를 쳐다보았다.

그의 옆얼굴이 보였다. 그래서 그가 쳐다보고 있는 곳을 보았더니 오른손에 채찍을 쥔 은의녀의 상체가 뒤로 젖혀지고 두 발이 허공에 떠 있는 광경을 목격했다.

그 광경은 누가 봐도 은의녀가 뭔가에 당했음을 말해주고 있는 것이다.

쾌도비는 흑심녀를 똑바로 세워주는가 싶더니 쓰러지고 있는 은의녀를 향해 곧장 쏘아갔다.

아니, 그는 은의녀를 그냥 스쳐 지나가서 객잔을 향해서 곧장 달려갔다.

객잔 앞에 서 있던 또 한 명의 은의녀가 이쪽을 향해서 달려오고 있었기 때문이다.

"아……."

흑심녀는 쾌도비의 쏘아가는 속도를 보고는 아연실색해서 안색이 급변했다.

그의 경공술이 은의녀보다 거의 두 배 가까이 빠르기 때문이었다.

흑심녀는 예전에도 쾌도비가 달리는 것을 봤었으나 지금이 황새의 걸음이라면 그때는 참새였었다.

흑심녀는 또한 자신에게 채찍을 날렸던 은의녀를 쓰러뜨린 것이 필경 쾌도비의 솜씨일 것이라고 생각하고 그것을 확인해 보기 위해서 급히 그녀에게 달려가면서 쾌도비를 쳐다보았다.

쾌도비와 두 번째 은의녀는 이십여 장 거리를 남겨두고 서로를 향해 달려가고 있었다.

그런데 은의녀가 허리 뒤에서 한 쌍의 반월도를 꺼내 양손으로 쥐고 있는 것과는 달리 쾌도비는 어깨에 메고 있는 도를 뽑지도 않은 상태다.

그때 쾌도비가 오른팔을 옆구리에 붙이더니 슬쩍 앞으로 미는 듯한 동작을 취하는 게 보였다.

흑심녀가 그게 뭘까 하고 의문을 품기도 전에 쾌도비를 향해 돌진해 오던 은의녀가 갑자기 짧은 신음을 터뜨리더니 조금 전의 은의녀처럼 상체가 뒤로 벌렁 젖혀졌다.

"……."

흑심녀는 쾌도비가 두 번째 은의녀마저 처치했다는 것을 깨달았으나 그가 무슨 수법을 사용했는지는 짐작조차도 할 수가 없었다.

순전히 실전에서 터득한 드잡이 실력을 갖고 있는 그녀지만 정통 무공에 대해서는 까막눈이나 마찬가지다.

흑심녀는 뒤로 자빠져 있는 첫 번째 은의녀를 내려다보다가 크게 놀랐다.

은의녀의 미간 한복판에 풀잎 하나가 꽂혀 있는 것을 발견했기 때문이다.

그렇다면 그것은 쾌도비가 풀잎을 던져서 은의녀의 미간에 꽂아 제압했다는 뜻이다.

그가 어떻게 했든지 간에 흑심녀는 한낱 풀잎을 던져서 적의 몸에 꽂아 제압한다는 수법이 있다는 사실을 들어본 적조차 없었다.

풀잎은 들고 있기만 해도 힘이 없어서 꺾이는데 그것을 던져서 적의 몸에 꽂다니 상상이 되지 않았다.

그런데 은의녀는 미간에 풀잎을 꽂은 상태에서 경악하는 표정으로 눈을 깜빡거리고 있었다.

그녀가 죽지 않았으며 단지 풀잎에 의해서 제압당했다는 사실을 확인한 흑심녀는 수중의 도끼를 치켜들었다. 일격에 은의녀의 머리통을 쪼개서 죽이려는 것이다.

"뭐, 뭐야? 어떻게 된 거지?"

그런데 그때 뒤에서 정술의 목소리가 들리자 흑심녀는 재빨리 허리를 굽혀 은의녀의 미간에서 풀잎을 뽑아 손안에 감추었다.

왜 그랬는지 이유는 그녀 자신도 모른다. 단지 쾌도비가 풀잎으로 은의녀를 제압했다는 사실을 감춰야겠다고 반사적으로 생각했다.

어쩌면 쾌도비가 믿을 수 없을 정도로 고강하다는 사실을 자신만 알고 있으려는 의도인지도 몰랐다.

"도비가 이년을 제압했어."

흑심녀는 놀란 얼굴로 다가오는 정술을 돌아보면서 들어

올렸던 도끼를 내리며 설명했다.

"조심해!"

다가오던 정술이 흑심녀 뒤쪽을 보면서 안색이 급변하여 다급한 비명을 터뜨렸다.

순간 흑심녀는 미간에서 풀잎을 뽑은 은의녀가 제압이 풀려서 일어나고 있는 것이라는 직감이 들어 재빨리 몸을 돌리면서 도끼를 후려쳤다.

휘리릭!

그러나 혈도가 풀린 은의녀는 어느새 몸을 일으키는 것과 동시에 뒤로 물러나면서 채찍을 휘둘러 순식간에 흑심녀의 목을 감아버렸다.

쾌도비가 풀잎을 던져서 은의녀의 혈도를 제압했는데 흑심녀가 풀잎을 뽑아 그녀를 자유롭게 해준 것이다.

흑심녀는 은의녀가 채찍을 잡고 있는 오른손을 슬쩍 당기는 것을 발견했으며 동시에 채찍이 자신의 목을 힘껏 조이는 것을 느꼈다.

이대로 있다가는 눈 한 번 깜빡이는 순간에 목이 잘려 버릴 것만 같았다.

"끄으윽……."

흑심녀는 얼굴이 새빨개지고 눈알이 튀어나올 것 같은 극심한 고통을 느끼며 양손의 도끼로 채찍을 마구 내려쳤으나 끄떡도 없고 그 충격 때문에 오히려 그녀의 목이 끊어질 듯 고통스러웠다.

이대로 죽는 것이라는 생각이 들고 눈앞이 캄캄해지고 있을 때 갑자기 채찍이 느슨해지면서 목에서 풀리더니 고통이 빠르게 사라졌다.

"흐으으……"

그녀가 눈물이 가득 고인 눈을 깜빡이면서 쳐다보자 채찍을 쥐고 있는 은의녀는 바닥에 쓰러져 있고, 그 옆에 쾌도비가 우뚝 서 있는데 한 손에 또 다른 은의녀의 멱살을 움켜잡고 있었다. 그가 흑심녀의 목을 채찍으로 감았던 은의녀를 쓰러뜨린 것이다.

"도비……"

저승 문턱까지 갔다가 온 흑심녀는 쾌도비가 자신을 살렸다는 생각에 눈물이 왈칵 쏟아졌다.

"쾌 형! 해냈구려!"

지금 벌어진 상황에 대해서 제대로 모르고 있는 정술은 환하게 웃음을 지으며 다가왔다.

쾌도비는 턱으로 객잔을 가리켰다.

"어서 가봐라."

"아! 그렇군."

미혼약에 중독되었을 객잔 안 두 명의 은의녀를 제압하라는 뜻이다.

"죽이지 말고 끌고 나와라."

"뭐요?"

쾌도비가 말하자 정술은 뛰어가다가 놀라서 뒤돌아보며 무슨 소리냐는 표정을 지었다.

"물건만 손에 넣으면 되는 일에 살인까지 할 것은 없다."

은의녀들을 당연히 죽여서 후환을 없애는 것으로 알고 있던 흑심녀와 정술은 잠시 어이없는 표정을 지었다.

"도비 말 못 들었어? 죽이지 말고 끌고 나오란 말이다."

"알… 았다."

흑심녀가 윽박지르자 정술은 마지못해 대답하고는 객잔으로 냅다 뛰었다.

흑심녀는 쾌도비가 두 번째 은의녀의 미간에서 풀잎을 뽑고는 두 명의 혼혈을 제압하는 것을 보면서 그가 겉모습만 변한 것이 아니라 속까지 변했다고 생각했다.

예전의 쾌도비는 잔인하지는 않았으나 함께 일하는 동료들의 뜻을 거스르지도 않았었다. 즉, 방금 보여준 자비심 같은 것이 없었다는 뜻이다.

흑심녀는 두 명의 은의녀를 양쪽 어깨에 가볍게 얹고 객잔으로 걸어가는 쾌도비의 뒷모습을 물끄러미 응시했다.

　　　　　*　　　　*　　　　*

　다음 날 아침. 개봉 광족의 장원에 지난밤 마차 강탈 사건
의 범인 네 명이 모였다.

　광족은 표면적으로는 관직에서 물러난 퇴직관리 행세를
하고 있으며, 전각 다섯 채 정도의 아담한 장원에서 가족과
함께 살고 있다.

　장원 뒤쪽에 뚝 떨어져 있는 창고 안에 모여 있는 쾌도비와
흑심녀, 정술, 광족 네 명은 우두커니 선 채 벌써 일각 동안이
나 말을 잃고 있는 중이다.

　철석간담이라고 자부하는 쾌도비조차도 너무도 엄청난 광
경이 눈앞에 벌어진 바람에 놀라고 어이가 없어서 그저 천천
히 주위만 둘러보았다.

　그의 주위에는 은의녀들의 마차 안에 실려 있던 열 개의 큼
직하고 검은 쇠 상자가 여기저기 흩어져 있으며, 그중 네 사
람 한복판에 있는 하나의 쇠 상자가 자물쇠가 부서진 채 뚜껑
이 활짝 열려 있다.

　다른 곳을 보고 있는 쾌도비를 제외한 세 명의 시선은 뚜껑
이 열려 있는 쇠 상자의 내용물에 고정된 상태다.

　놀랍게도 쇠 상자 안에는 금원보(金元寶)가 가득 들어차 은
은한 누런빛을 발하고 있었다.

원래 금원보의 크기는 대, 중, 소로 구분하는데 쇠 상자에 들어 있는 것은 대금원보다.

소금원보보다 두 배 큰 것이 중금원보이고, 그것보다 두 배 큰 것이 대금원보다.

대금원보 하나를 금화로 환산하면 오백 냥이고, 그것을 다시 은자로 환산하면 자그마치 만오천 냥이나 된다.

그런데 쇠 상자에는 그런 대금원보가 가득 들어차 있으며 게다가 쇠 상자가 열 개나 된다.

다른 쇠 상자도 확인해 봐야 알겠지만 아마 그것들에도 대금원보가 들었을 것이다.

이번 일을 실행하기 전에 광족은 마차에 은자가 백만 냥쯤 실려 있을 것이라고 예상했었다.

네 사람은 그것만으로도 굉장한 액수라고 생각했는데 이건 그야말로 어마어마하다.

이 정도 무게이기 때문에 네 필의 말이 끌어야 했으며, 일류고수급인 네 명의 은의녀가 삼엄하게 지켰던 것이다.

"어어… 이거 꿈 아니지?"

한참이 지나서야 정술이 가래가 끓는 듯 억눌린 목소리로 겨우 입을 열었고 그 바람에 흑심녀와 광족은 놓아버렸던 정신을 다시 챙겼다.

"휴우… 이게 도대체 뭐라는 거야?"

“대금원보야. 이거 하나에 은자 만오천 냥이다.”

흑심녀가 길게 한숨을 내쉬며 묻자 예전에 대금원보를 몇 차례 본 적이 있는 광족이 떨리는 목소리로 설명하며 대금원보를 어루만졌다.

“만오천 냥… 으으…….”

정술은 몸을 덜덜 떨면서 침까지 질질 흘렸다. 쇠 상자 열 개에 대금원보가 가득 들어 있다 치고, 그것을 모두 합치면 도대체 얼만지 그의 머리로는 도저히 계산이 되지 않았으나 어쨌든 어마어마하다는 사실은 분명하다.

그때 광족이 쇠 상자에서 대금원보를 하나를 꺼내려고 하는데 너무 무거워서 두 손으로 잡고 쩔쩔맸다.

쾌도비를 제외한 세 명이 달라붙어 쇠 상자에서 대금원보를 모두 꺼내놓고 세어보니 정확하게 백 개다. 그렇다면 쇠 상자 하나가 은자 백오십만 냥이라는 얘기다.

광족이 놀라움을 추스르지 못하고 비틀거리면서 가까운 곳에 있는 쇠 상자로 다가갔다.

“다른 것들도 열어보자.”

까드득… 까득…….

정술이 첫 번째 쇠 상자를 연 것처럼 두 번째 쇠 상자도 쇠 지렛대를 자물쇠 사이에 찔러 넣고 두 손으로 힘껏 비트는 데도 좀처럼 부서지지 않는 것을 보고 쾌도비가 다가가자 정술이 씨근대며 옆으로 물러났다.

"헉헉! 우라질… 뭘로 만든 자물쇠기에 이리 단단해?"

우적!

그런데 쾌도비가 오른손으로 자물쇠를 붙잡더니 마치 젓가락처럼 간단하게 분질러서 뜯어내는 걸 보고 모두들 눈을 휘둥그렇게 떴다.

쾌도비는 잠시 동안에 나머지 여덟 개의 쇠 상자 자물쇠를 다 부숴 버렸다.

쇠 상자들을 확인해 본 결과 아홉 개에는 하나같이 대금원보가 백 개씩 담겨 있었다.

그리고 한 상자에는 지금까지의 놀라움을 단지 예고에 불과한 것으로 만들어 버릴 가공한 것이 들어 있었다.

"으어어……."

"이… 이게 뭐야……."

정술과 광족은 쇠 상자에서 흘러나오는 찬란한 광채를 보면서 턱이 빠질 것처럼 신음을 흘렸다.

쾌도비마저도 상자 안의 물건을 보고는 기가 질려 버렸다. 그도 그럴 것이, 거기에는 온갖 종류의 보석, 주로 구슬들이 가득 넘치도록 담겨 있었다.

그리고는 또다시 아까하고는 조금 차원이 다른 오랜 침묵이 흘렀다. 다들 까무러치기 직전의 표정을 짓고 있으며, 쾌

도비도 이번만큼은 놀랍고도 복잡한 표정으로 보석들을 굽어
보았다.

그는 아까 첫 번째 쇠 상자를 연 직후에 나머지 아홉 개 상
자에도 모두 대금원보가 들어 있을 것이라 짐작하고 그때부
터 은의녀들의 정체가 못내 궁금했었다.

그녀들이 대체 누구기에 이런 엄청난 거액을 마차에 실은
채 가고 있었던 것인지 궁리를 해봤으나 요령부득 짐작 가는
것조차도 없었다.

하지만 원래 쾌도비가 짐작했던 것보다 은의녀들이 더 대
단한 집단에 소속되어 있는 것만은 분명했다. 그렇지만 황궁
이나 관(官)은 아닐 것이라는 생각이다. 그쪽 방면 사람들은
보면 대번에 티가 나는데, 그녀들에게서는 그런 기미가 전혀
느껴지지 않았었다.

"좀 나갔다 오마."

쾌도비는 은의녀에게 직접 물어봐야겠다고 생각했다.

第五十一章

복과재생(福過災生)

—복이 너무 지나치면 도리어 재앙이 생긴다

은의녀들은 광족의 장원 또 다른 창고에 혼혈이 제압된 상
태로 감금되어 있었다.

쾌도비는 창고 문을 닫고 구석 쪽에 나란히 눕혀져 있는 네
명의 은의녀에게 다가가 그중에 자신에게 풀잎으로 당한 적
이 있는 두 명 중 한 명을 벽에 기대어 앉히고는 혼혈을 풀어
주었다.

"음… 앗!"

정신을 차리던 은의녀는 앞에 우뚝 서 있는 쾌도비를 발견
하고 깜짝 놀라면서 몸을 움찔 떨었다.

반사적으로 공격을 하려고 했는데 마혈이 제압된 상태라서 몸이 움찔한 것이다.

"너는… 흑!"

은의녀는 눈을 부라리며 말하려다가 쾌도비가 발을 들어 가슴을 짓누르자 신음을 토해냈다.

"내가 묻고 너는 대답한다. 알았느냐?"

은의녀는 가슴이 으스러지는 고통을 느끼면서 눈을 깜빡거려 알았다는 뜻을 표했다.

슥—

"너는 누구냐?"

쾌도비는 은의녀가 묻고 싶은 말을 자신이 물었다.

그러나 은의녀는 입술을 꼭 깨물고 독한 눈빛으로 그를 쏘아볼 뿐 대답하지 않았다.

사실 그녀들은 북경에서 마차에 실은 열 개의 쇠 상자를 자신들의 방파로 가져가고 있는 중이었다.

하지만 그 사실은 철저히 비밀에 붙여져야만 한다. 발설한다는 것은 곧 죽음을 의미하기 때문이다. 그녀들이 속한 방파는 그 정도로 엄격하다.

그러므로 쾌도비가 발로 젖가슴을 짓누른다고 해서 호락호락 실토할 그녀가 아니다.

쾌도비에게는 주소옥을 제외한 천하의 모든 여자는 여자

로 보이지 않는다.

다만 성욕을 해결하기 위해서 품는 여자를 정액 방출구쯤으로 여길 뿐이다.

그러므로 입을 열게 하기 위해서라면 은의녀를 고문하는 것쯤은 어려운 일이 아니다.

"너의 팔을 자르겠다."

쾌도비는 오른손을 뻗어 그녀의 오른팔 어깨 아래를 잡아 가볍게 힘을 주었다.

뚜둑…….

팔이 어깨에서 분리되는 듯 뼈마디 소리가 나는데도 은의녀는 눈 하나 까딱하지 않았다.

뽑으려면 뽑으라는 식이다. 그래서 쾌도비는 설사 그녀를 죽인다고 해도 절대 말하지 않을 것이라고 짐작했다.

그는 지금까지 한 번도 만나본 적이 없었으나 이처럼 자신의 목숨을 초개처럼 여기면서까지 자신이 속한 집단의 비밀을 지키려는 사람이 더러 있다는 사실을 알고 있었다. 그리고 그 사람이 지금 그의 눈앞에 있다.

슥―

그는 은의녀의 팔을 놓고 다른 방법을 생각해 냈다. 이런 여자는 아무리 겁을 줘도 끄떡도 하지 않는다.

즉, 그녀가 여자라는 점을 이용하여 지독한 수치심을 안겨

주자는 것이다.

척!

그는 은의녀를 가볍게 들어 올려 근처의 낡은 탁자 위에 앉혀놓고는 대뜸 상의를 벗기기 시작했다.

"무… 슨 짓을 하려는 것이냐?"

그녀가 움찔 놀라서 소리쳤으나 그는 아무 말도 하지 않고 묵묵히 하던 일을 계속했다. 이럴 때는 자상한 설명보다는 침묵이 더 상대를 두렵게 만든다는 사실을 잘 알고 있기 때문이다.

"너… 멈추지 못하겠느냐?"

이십삼사 세 정도의 나이에 갸름한 얼굴 윤곽과 햇볕에 잘 그을린 강인한 피부를 지니고 있는, 하지만 보기 드문 미모의 소유자인 그녀는 유난히 검고 깊은 눈을 좁히고 약간 두툼한 입술을 파르르 떨면서 낮게 위협했다.

"이놈, 멈추지 않으면 귀신이 돼서라도 네놈에게 복수를 하고 말 테다."

쾌도비는 조금 전에 오른팔을 뽑아버리겠다고 위협을 해도 꿈쩍하지 않던 그녀가 수치심에는 민감하게 반응하는 것을 깨달았다.

잠시 후 은의녀는 바지를 제외한 옷이 모두 벗겨져서 벌거벗은 상체를 드러냈다.

그런데 그녀의 벗은 상체는 아주 특이했다. 양쪽 어깨와 두 팔은 구릿빛으로 검게 그을렸는데 그 외의 부위는 눈처럼 뽀얗고 희었다.

그것은 그녀가 평소에는 민소매 같은 종류의 옷을 입은 상태로 뙤약볕 아래에서 무공 연마를 했다는 사실을 나타내는 것이다.

그녀의 상체 근육은 잘 발달되었다. 남자처럼 굵거나 우락부락한 몸은 아니지만 잔 근육들이 발달되었으며 군살이라곤 한 점도 없고 탄탄한 젖가슴에 놀랍게도 배에는 왕(王)자가 선명하게 드러나 있었다.

툭!

쾌도비는 그녀의 가슴을 가볍게 쳐서 상체를 뒤로 쓰러뜨린 다음에 이번에는 바지를 벗겼다.

"이놈……."

그녀는 누운 채 이를 바득바득 갈았다. 보통 여자들, 아니, 아무리 강호의 여걸이라고 해도 일이 이쯤 되면 소리를 지르고 난리를 피울 텐데도 그녀는 낮은 목소리로 으르렁거릴 뿐이다.

쾌도비는 움직일 수 없는 그녀가 몸을 부들부들 떠는 것을 보고 극도로 분노했다는 것을 알았다. 그렇다면 그녀의 분노와 수치심을 극한으로 몰고 가야 한다.

툭…….

마지막으로 걸치고 있던 속곳마저도 그가 손가락으로 가볍게 뜯어내자 은의녀는 완전히 전라가 되었다.

하체도 허벅지 위는 뽀얀데 다른 부위는 잘 그을렸다. 짧은 반바지 같은 것을 입고 무공 연마를 했다는 증거다.

은의녀는 실오라기 한 올 걸치지 않은 나신이 되어 탁자에 누워 두 다리는 무릎이 굽혀져서 바닥으로 향하고 있다.

"나쁜 자식……."

그녀는 너무 분하고 수치스러워서 두 눈에 눈물이 가득 고여서 이를 갈았다.

"말하겠느냐?"

쾌도비는 그녀를 굽어보면서 무표정한 얼굴로 물었다.

"……."

은의녀는 대답하지 않고 입술을 잘근잘근 깨물었다. 조금 전처럼 당당하지 못하고 기세가 많이 꺾인 모습이다. 하지만 이 정도로는 입을 열 것 같지 않았다.

쾌도비는 갈등했다. 이제 은의녀에게 조금만 더 치욕을 주면 실토를 받아낼 수 있을 것 같은데 더 이상 하고 싶은 마음이 들지 않았다.

여기에서 더 할 수 있는 것은 그녀에게 성적인 치욕을 안겨주는 것뿐이다.

예전 같으면 목적을 위해서라면 눈 하나 까딱하지 않고 무슨 짓이라도 했겠지만 지금은 왠지 그런 행동을 하는 것이 꺼려졌다.

"개 같은 놈아. 나는 죽어도 네놈이 원하는 말을 하지 않을 것이다. 어디 마음대로 해봐라."

은의녀가 분노의 눈물을 흘리면서 퍼붓는 욕설이 쾌도비의 갈등에 불을 붙였다.

"이년."

슥―

그는 은의녀의 구부러진 양쪽 무릎에 두 손을 대고 다리를 활짝 벌렸다.

"악!"

순간 은의녀가 짧은 비명을 질렀다. 입으로는 독한 말을 쏟아내면서도 막상 다급한 상황에 처하자 무의식적으로 비명이 터졌다.

그리고 그것이 쾌도비를 더욱 잔인하게 만들었다. 이렇게 조금만 더 하면 그녀의 입을 열 수 있을 것 같았다.

여기에서 그만두고 물러선다면 죽도 밥도 안 된다. 더욱 잔인한 표정을 지으며 난폭한 짓을 해야지만 목적한 것을 얻을 수 있다.

그러니까 주소옥과 함께 있으면서 배운 어줍지 않은 인간성이나 자비심 따위 집어던져 버리고 예전의 잔인한 탈명도로 돌아가야 하는 것이다.

슥—

손을 뻗어 손가락으로 은의녀의 검은 숲이 무성한 옥문을 더듬었다.

"흐윽!"

그녀의 몸이 수축하며 숨넘어가는 소리를 토했다.

그 소리가 쾌도비를 또다시 자극하고 가학적인 짐승의 본성을 일깨웠다.

확!

"아!"

그는 그녀의 다리를 잡고 앞으로 거칠게 끌어당긴 후에 상체를 일으켜 세웠다.

지금부터 하려는 짓을 그녀가 외면하지 말고 똑똑히 보게 하려는 것이다.

스륵…….

그가 바지를 내리자 단단한 음경이 튀어나왔다. 이런 상황에 발기를 하고 있었다니 모를 일이다.

어쩌면 은의녀에게 치욕을 안기면서 그것을 쾌감으로 받아들였는지도 모른다.

쾌도비의 끄떡거리는 커다란 음경을 굽어보는 은의녀의

두 눈이 화등잔처럼 커졌고 눈물이 방울방울 흘러내렸다.

일이 이쯤 이르렀어도 쾌도비는 아무 말도 하지 않았다. 이 상황에서 어설프게 협박을 하는 것보다는 오히려 침묵이 상대를 더 두렵게 만들기 때문이다.

슥―

그는 은의녀의 다리를 더 넓게 벌리고 자신의 단단한 음경을 쥐고는 그녀의 옥문에 갖다 댔다.

"그러지 마……."

은의녀가 애원했다. 목소리에 울음기가 가득했다. 그것이 쾌도비를 가일층 자극했다.

아래쪽을 굽어보는 은의녀의 눈이 더 커지고 비 오듯이 눈물을 흘렸다.

"제발……."

드으…….

쾌도비가 허리를 앞으로 밀자 음경이 생살을 찢으면서 느릿하게 미지의 처녀림을 짓밟기 시작했다.

"아악!"

은의녀는 날카로운 비명을 터뜨렸다.

쾌도비는 기분이 매우 더러웠다. 끝내 은의녀에게서 원하는 대답을 듣지 못했기 때문이다.

그럴 줄 알았으면 그녀의 몸을 짓밟는 짓 따윈 애당초 하지 않았을 것이다.

그녀를 상대로 욕정을 채우지는 않았다. 단지 잔인함의 극한을 보여주면 실토할 것이라 여겨 서너 차례 삽입을 했을 뿐인데 그녀가 혼절해 버렸다.

아마도 고통 때문이 아니라 분노와 원통함을 견디지 못하고 혼절했을 것이다.

쾌도비는 그녀의 혼혈을 누르고 옷을 다 입힌 후에 네 명의 은의녀를 마차에 싣고 멀리까지 가서 깊은 산속에 내다 버렸다.

제압된 혼혈은 한 시진 후에 저절로 풀리도록 해놓았으니 깨어나면 제 갈 길로 갈 것이다.

그렇다고 해서 숨어서 지켜보다가 그녀들이 어디로 가는지 미행을 할 정도로 그는 한가한 몸이 아니다.

쾌도비와 흑심녀, 정술, 광족이 넓고 깨끗한 실내의 탁자 주위에 둘러앉았다.

"대금원보가 구백 개인데 은자로 천삼백오십만 냥이오."

광족이 착 가라앉은 목소리로 말문을 열었다.

쾌도비는 덤덤한 표정이고 이미 놀랄 만큼 놀랐던 흑심녀와 정술은 더 이상 놀라지는 않았으나 흥분을 가라앉히지 못하고 있었다.

"그것을 넷으로 나누면 삼백삼십칠만오천 냥이오."

"빌어먹을… 굉장하군."

정술이 흥분 때문에 다리를 달달 떨면서 욕설인지 감탄인지 모를 소리를 했다.

"문제는 나머지 하나의 상자인데……."

광족은 뜸을 약간 들였다가 세 사람을 일일이 둘러본 후에 말을 이었다.

"자세히 살펴본 결과 그 보석상자 하나의 가치는 대략 다른 아홉 개의 상자를 모두 합친 것보다 열 배 이상이오."

대금원보가 동일하게 백 개씩 담긴 아홉 개의 쇠 상자의 가치는 모두들 계산할 수 있었으니까 그렇다 치고, 나머지 하나 보석상자의 가치에 대해서는 광족 말고는 짐작조차 하지 못했었다.

광족은 워낙 그 계통에 빠삭하니까 대충이나마 계산을 뽑아본 것이다.

그의 말에 쾌도비를 비롯한 흑심녀와 정술 모두 아무 말도 하지 못하고 눈만 껌뻑거렸다.

아홉 개 쇠 상자의 은자 천삼백오십만 냥으로도 귀에서 이명(耳鳴)이 들릴 정도로 어지러운데, 나머지 한 상자의 보석이 그것의 열 배에 달하는 가치라니, 그렇다면 무려 은자 일

억삼천오백만 냥이라는 말이 아닌가.

"확실한 건가?"

잠시 후에 쾌도비가 가라앉은 목소리로 광족에게 물었다.

"그것보다 더 크면 컸지 적지는 않소."

광족이 얼굴을 잔뜩 찌푸렸다.

"그런데 이건 뭔가 이상하오."

쾌도비도 그렇게 생각하고 있는 중이다. 은의녀는 죽음을 불사하고 또 몸이 짓밟힐지언정 자신들이 누군지 발설하지 않으려 했었다.

또한 마차에 실려 있던 물건, 즉 돈이 가공할 정도로 어마어마했다.

그래서 쾌도비와 광족은 본능적으로 여기에 뭔가 엄청난 세력이 연관되어 있을 것이라고 느낀 것이다.

하지만 흑심녀와 정술은 거기까지는 생각이 미치지 못하는 듯 멀뚱한 표정이다.

"뭐가 이상하다는 거지?"

"돈이 지나칠 정도로 많아."

정술이 의아한 얼굴로 묻자 광족은 얼굴을 더 찌푸렸다.

"많으면 좋지 뭐가 이상하다는 건가?"

"많아도 정도껏 많아야지. 이건 우리가 삼키면 안 될 것 같은 예감이 들어."

"무슨 소리야? 알아듣게 설명해 보게."

정술은 그제야 뭔가 이상하다는 생각이 들었는지 조금 전과는 달리 얼굴이 약간 굳어졌다.

광족은 쾌도비에게 물었다.

"쾌 형, 솔직하게 말해주시오. 그 은의녀들의 실력이 어느 정도였소?"

"일류고수였어."

"어느 정도 일류요?"

"일류 중에서도 특급이라고 할 수 있지."

그 말에 광족은 역시 그럴 줄 알았다는 표정을 지었고, 흑심녀와 정술은 비로소 사태의 심각성을 깨달았다.

그러나 정술이 손을 내저었다.

"그렇다면 쾌 형이 특급 일류고수 두 명을 순식간에 해치웠다는 말이오? 에이… 말도 안 되지 그건."

슥―

"도비가 이걸 던져서 그년들 이마 한가운데에 꽂아서 제압했던 거였어."

흑심녀는 감추고 있던 꼬깃꼬깃한 풀잎 하나를 꺼내 탁자에 내려놓으며 힐끗 쾌도비를 쳐다보았다. 이제는 그걸 내놓아야겠다고 생각한 것이다.

"적엽비화? 쾌 형이?"

견식이 꽤 넓은 광족이 쾌도비를 보면서 눈을 휘둥그렇게 뜨며 놀랐다.

흑심녀가 고개를 끄떡였다.

"맞아. 그게 적엽비화 수법이었지. 소림사의 장로급이나 전개할 수 있다는."

"맙소사……."

정술은 뒤통수를 호되게 얻어맞은 것 같은 표정으로 쾌도비를 쳐다보았다.

쾌도비는 화제를 바꿔야겠다고 생각했다.

"훔친 물건을 돌려주지는 않을 것이다."

그의 나직하지만 단호한 말에 세 사람은 크게 놀라는 표정을 지었다.

"쾌 형, 이런 거 잘못 삼켰다가는 우리 모두 떼죽음을 당하기 십상이오. 죽고 나서 억만금이 있다고 한들 무슨 소용이 있겠소?"

광족은 이미 이 엄청난 거액을 갖지 않기로 마음을 굳힌 것처럼 사정하듯 말했다.

"그건 그래. 죽으면 말짱 황이지."

정술도 슬며시 욕심을 내려놓았다. 어쩌면 그것은 현명한 판단일지도 모른다.

"어떻게 돌려준다는 말이지?"

"물건을 원래의 장소 마차 안에 되돌려 놓은 후에 제압한 은의녀들을 그 객잔에 데려다주는 것이오. 그럼 아무 일도 없을 것이오."

쾌도비의 물음에 광족이 손짓을 해가며 설명했다.

"그럴 수 없게 됐다. 은의녀들은 내가 아까 먼 곳에 풀어줬으니까."

"에엣?"

광족과 정술은 너무 놀라 자리에서 벌떡 일어섰다.

그러나 쾌도비는 자신이 은의녀들을 심문했다는 얘기는 하지 않았다.

한참 동안 곰곰이 생각하고 있던 흑심녀가 주먹으로 탁자를 가볍게 쳤다.

탕!

"나는 무조건 도비가 하자는 대로 따를 거야."

은의녀들을 놔주었으니까 지금쯤 그녀들은 혈안이 되어 이들과 돈의 행방을 찾아다니고 있을 것이다. 이제는 돌이킬 수 없게 돼버렸다.

결국 네 사람이 진중하게 상의하여 하나의 결론을 내렸다.

광족은 일단 한 명당 대금원보 하나씩만 나눠 갖고 나머지는 은밀한 곳에 감춰두었다가 잠잠해진 후에 다시 모여서 분배하자는 의견을 내놓았다.

대금원보 하나면 은자 만오천 냥이고 그것만으로도 몇 년 동안은 떵떵거리면서 살 수 있는 거액이다.

지금은 사태가 너무 심각하기 때문에 전체를 나누는 것에 대해서는 다들 꺼려서 광족의 원견에 찬성했다.

그래서 일행은 그날 밤에 평범한 수레에 대금원보와 보석 상자를 싣고 개봉에서 동북쪽으로 이십여 리쯤 거리에 있는 독중산(獨中山)이라는 곳 깊은 산중의 계곡에 땅을 파고 쇠 상자들을 모두 묻고 나서 각자의 대금원보 하나씩을 지닌 채 뿔뿔이 흩어졌다.

*   *   *

난봉의 어느 주루 이 층 밀실에 네 명의 은의녀기 바닥에 나란히 엎드려 한쪽 방향을 향해 부복하고 있다.

그녀들의 앞에는 한 명의 삼십대 중반의 여인이 의자에 앉아 있으며, 그녀 양옆에는 홍의 경장 차림의 여고수 두 명이 당당한 모습으로 서 있다.

삼십대 중반의 여인은 은(銀), 홍(紅), 청(靑) 삼색(三色)이 고르게 섞인 하늘하늘한 상의와 바닥에 끌리는 얇고 긴 치마를 입었으며, 매우 아름다운 용모에 요염한 듯하면서도 날카로운 인상을 지니고 있다.

바닥에 부복하고 있는 네 명의 은의녀는 나흘 전 인무객잔에서 마차에 실려 있는 거액을 어이없이 털렸던 바로 그녀들이다.

그녀들은 자신들의 직속 상전에게 자세한 내용을 적은 전서구를 띄워 보냈으며 그것을 받아본 직속 상전 삼십대 여인이 즉시 이곳으로 달려온 것이다.

"하아……."

삼십대의 여인, 즉 네 은의녀의 직속 상전이며 그녀들이 속한 방파에서 청파루주(靑波樓主)라는 지위를 맡고 있는 그녀는 복잡한 표정으로 긴 한숨을 토해냈다.

청파루주는 반 시진에 걸쳐서 네 은의녀가 마차의 거액이 털린 경위에 대해서 설명하는 것을 자세히 들었다.

그녀로서는 이 일이 너무 엄청나고 난감해서 어떻게 처리해야 할지 눈앞이 캄캄했다.

만약 강탈당한 물건을 찾지 못한다면 네 은의녀의 목숨은 고사하고 청파루주 자신마저도 방파의 최고 우두머리인 총루주(總樓主)에게 중벌을 면하지 못할 터이다.

"그놈 중에 몇 명의 얼굴을 봤느냐?"

부복한 네 은의녀는 잠시 말이 없다가 그중 두 명이 이마를 바닥에 댄 채 공손히 아뢰었다.

"속하를 제압한 한 명의 얼굴을 정확하게 봤습니다."

"속하를 제압한 한 명과 다른 두 명을 봤습니다."

청파루주는 세 명을 봤다는 은의녀를 굽어보았다.

"호연(湖燕)아, 고개를 들어라."

오른쪽에서 두 번째 은의녀 호연이 멈칫했다가 조심스럽게 고개를 들었다.

아름답지만 건강하게 검게 그을린 얼굴에 눈매가 검고 깊으며 입술이 약간 두툼한 그녀는 바로 쾌도비에게 치욕을 당했던 은의녀다.

하지만 그녀는 청파루주에게 그 일에 대해서는 일체 말을 하지 않았다.

그 사실은 쾌도비와 자신만 알고 있기 때문이다. 구태여 말을 해봐야 사건을 해결하는 데는 도움이 되지 않을 것이라서 함구했다.

"네 명 중에 셋의 얼굴을 기억한다는 말이지?"

"그렇습니다, 루주."

"화공(畫工)을 부르면 그놈들의 얼굴을 자세히 설명할 수 있겠느냐?"

"그렇습니다."

호연은 제일 먼저 공격했다가 쾌도비가 던진 풀잎에 미간을 적중 당했었다.

그리고 흑심녀가 풀잎을 뽑았을 때 혈도가 풀려서 재차 공격을 했었으며, 그 과정에 흑심녀와 정술의 얼굴을 목격했던 것이다.

청파루주는 경직된 표정으로 말했다.

"모든 수단 방법을 동원해서 그놈들을 찾아내고 또 물건을 회수해야만 한다."

그녀는 잔인한 눈빛을 흘렸다.

"감히 여의루를 건드리다니… 죽어서도 묻힐 곳이 없는 놈들이로군."

*   *   *

개봉을 떠난 지 엿새째 늦은 오후 무렵에 쾌도비는 마침내 북경에 도착했다.

그는 도착하자마자 사람들에게 팔신궁 본궁(本宮)의 위치를 물어 곧장 그곳으로 향했다.

『무정도』 6권에 계속…

魔 in 화산
in
화산
FANTASTIC ORIENTAL HEROES
용훈 新무협 판타지 소설

무림공적, 천살마군 염세악!
검신 한호에게 잡혀 화산에 갇힌 지 백 년.

와신상담… 절치부심… 복수무한…

세월은 이 모든 것을 잊게 하고
세상마저 그를 잊게 만들었다.
하지만.

"허면 어르신 함자가 어찌 되시는지……"
우연한 만남, 자신도 모르게 튀어나온 원수의 이름.
"그게… 한, 한호일세."

허무함의 끝에서 예기치 않게 꼬인 행로.
화산파 안[in]의 절세마인, 염세악의 선택!

Book Publishing CHUNGEORAM
WWW.chungeoram.com

FUSION FANTASTIC STORY

HUNTER MOON
헌터 문
이훈 장편소설

보름달이 떠오르면 밤의 사냥이 시작된다.
헌터문(Hunter-Moon), 사냥꾼의 달.

귀계의 밤이 열리며 저물지 않는 달이 떠올랐다.
실체 없는 힘을 좇아 명맥을 이어온 퇴마사들,

이제 그들로 인해 세상이 뒤바뀐다.
[미녀들과 귀신 탐험대]의 사이비 퇴마사 예응종과
그의 가족들이 펼치는 좌충우돌 퇴마가.

"퇴마사는 얼어 죽을! 그거 다 쇼야!"
"저기 하늘에 구멍이 뚫렸는데요?"
"으잉?"

Book Publishing CHUNGEORAM
유령이 아닌 자유추구
WWW.chungeoram.com